站在巨人的肩上
Standing on the Shoulders of Giants

数学女孩的秘密笔记

数$+$学$=$(女$\times$孩)的秘密笔记 概率篇

[日] 结城浩 ◇ 著
卫宫纮 ◇ 译 洪万生 ◇ 审

人民邮电出版社
北京

图书在版编目(CIP)数据

数学女孩的秘密笔记. 概率篇 / (日) 结城浩著 ; 卫宫纮译. -- 北京 : 人民邮电出版社, 2024.1(2024.5重印)
(图灵新知)
ISBN 978-7-115-62666-0

Ⅰ. ①数… Ⅱ. ①结… ②卫… Ⅲ. ①长篇小说—日本—现代 Ⅳ. ①I313.45

中国国家版本馆CIP数据核字(2023)第180147号

内 容 提 要

“数学女孩”系列以小说的形式展开，重点讲述一群年轻人探寻数学之美的故事，内容深入浅出，讲解十分精妙，被称为“绝赞的数学科普书”。“数学女孩的秘密笔记”是“数学女孩”的延伸系列。作者结城浩收集了互联网上读者针对“数学女孩”系列提出的问题，整理成篇，以人物对话和练习题的形式，生动巧妙地解说各种数学概念。主人公“我”是一名高中男生，喜欢数学，兴趣是讨论计算公式，经常独自在书桌前思考数学问题。进入高中后，“我”先后结识了一群好友。几个年轻人一起在数学的世界中畅游。本书非常适合对数学感兴趣的初高中生及成人阅读。

◆ 著　[日]结城浩
译　卫宫纮
审　洪万生
责任编辑　魏勇俊
责任印制　胡　南

◆ 人民邮电出版社出版发行　北京市丰台区成寿寺路11号
邮编　100164　电子邮件　315@ptpress.com.cn
网址　https://www.ptpress.com.cn
固安县铭成印刷有限公司印刷

◆ 开本:880×1230　1/32
印张:10.5　　2024年1月第1版
字数:198千字　　2024年5月河北第2次印刷
著作权合同登记号　图字:01-2021-3524号

定价:59.80元

读者服务热线:(010)84084456-6009　印装质量热线:(010)81055316
反盗版热线:(010)81055315
广告经营许可证:京东市监广登字20170147号

序章

我总是伫立在道路的尽头。

——高村光太郎，《道程》

未来在何处，

未来会怎样，

未来会发生什么，我不知道。

我每天都会抽出一张牌，

虽然不知道会抽到什么牌，

但我仍然坚持，

那些被抽到的牌叫作“今天”。

即使前方是一片末途，我也要继续向前。

正因不曾抵达，所以更要勇敢。

这是一场冒险，

出发吧！朝着茫茫的未知向前！

献给你

本书将由由梨、蒂蒂、米尔迦与“我”，展开一连串的数学对话。

在阅读中，若有理不清来龙去脉的故事情节，或看不懂的数学公式，你可以跳过去继续阅读，但是务必详读他们的对话，不要跳过。

用心倾听，你也能加入这场数学对话。

登场人物介绍

我

高中二年级，本书的叙述者。

喜欢数学，尤其是数学公式。

由梨

初中二年级，“我”的表妹。

总是绑着栗色马尾，喜欢逻辑。

蒂蒂

本名为蒂德拉，高中一年级，精力充沛的“元气少女”。

留着俏丽短发，闪亮的大眼睛是她吸引人的特点。

米尔迦

高中二年级，数学才女，能言善辩。

留着一头乌黑亮丽的秀发，戴金属框眼镜。

目录

第 1 章

概率 $\frac{1}{2}$ 之谜

“硬币掷 1 次，会掷出正面还是反面呢？”

1.1 由梨的疑问

由梨：“呀呵，哥哥，来玩吧！”

我：“你总是这么有精神。”

由梨：“哼哼！”

我是高中生，由梨则是我就读初中的表妹。我们从小就玩在一起，她习惯称呼我为“哥哥”。

每到假日，她就会来我家串门。

由梨：“前几天看电视的时候，我遇到了一个让我想不通的地方。”

我：“想不通的地方？”

由梨：“我在电视上听到这样的说法：‘因为发生概率为 1%，所以每 100 次就会发生 1 次。’”

我：“这是在说什么发生的概率？”

由梨：“不太记得了，好像是在讨论什么事故吧。”

我：“讨论事故？”

由梨：“我无法理解‘因为发生概率为 1%，所以每 100 次就会发生 1 次’这个说法。”

我：“你是哪个地方不懂呢？”

我抛出问题后，由梨便积极地讲了起来。

由梨：“如果说‘因为发生概率为 1%，所以每 100 次就会发生 1 次’，不就表示‘掷硬币 2 次，一定会掷出正面’吗？”

我：“Stop，话题跳太快了。掷硬币是？”

由梨：“掷硬币掷出正面的概率不是 $\frac{1}{2}$ 吗？”

我：“唉，没错。掷硬币掷出正面的概率是 $\frac{1}{2}$，或者说成是 0.5、50%。”

由梨：“这不就表示‘掷硬币 2 次会掷出 1 次正面’吗？但这不是很奇怪吗？”

我：“原来如此。你能再叙述得详细一点儿吗？感觉会很有趣。”

由梨：“即便掷硬币 2 次，也不一定会掷出 1 次正面。”

我：“是的。掷 2 次也未必会掷出 1 次正面。”

由梨：“对吧？掷 2 次也未必掷出 1 次正面。明明如此，却说‘因为概率为 $\frac{1}{2}$，所以每 2 次就会掷出 1 次正面’，这很奇怪吧。”

我：“我理解你的意思。掷硬币 2 次后，可能掷出 0 次正面、1 次正面或者 2 次正面嘛。”

由梨：“但是，我越想越不明白。毕竟掷硬币后，不能确定会掷出正面还是反面，没办法直接判断，也无法断言结果。为什么明明无法断言，却可以肯定地说‘概率为$\frac{1}{2}$’呢？”

我：“你无法理解‘概率为$\frac{1}{2}$，是什么意思’？”

由梨：“没错！”

我：“不先弄明白概率为$\frac{1}{2}$是什么意思，就无法了解‘掷硬币掷出正面的概率为$\frac{1}{2}$’的意义，也没办法得知换成‘每 2 次会掷出 1 次正面’的说法正不正确。”

由梨：“就是这么回事！”

我：“虽然我不知道有没有办法说清楚，但我们一起来讨论看看吧。”

由梨：“放马过来！”

1.2　概率为$\frac{1}{2}$是什么意思？

我：“从最基本的地方说起，也就是讨论掷 1 枚硬币 1 次的情况。首先，假设掷 1 枚硬币 1 次时，结果为正面或者反面。”

- 结果为正面或者反面。

由梨：“这不是理所当然吗？”

我：“‘结果为正面或者反面’代表不会发生两者以外的情况，例如硬币直立不翻转——假设不会发生这种情况。”

由梨：“OK。”

我：“然后，假设掷 1 枚硬币 1 次时，不会同时掷出正面和反面。”

- 不会同时掷出正面和反面。

由梨：“啊哈哈！当然啊，不存在同时掷出正面和反面的硬币嘛！”

我：“别急。还有一个假设：掷 1 枚硬币 1 次时，正面和反面同样容易出现。”

- 正面和反面同样容易出现。

由梨：“……”

我：“这是假设不会特别容易掷出正面，也不会特别容易掷出反面哦。”

由梨：“嗯……”

我：“在这三个假设的前提下，掷 1 枚硬币 1 次时，‘掷出正面的概率’会这样定义。”

掷硬币 1 次“掷出正面的概率”的定义

掷 1 枚硬币 1 次时，有如下假设：

- 结果为正面或者反面；
- 不会同时掷出正面和反面；
- 正面和反面同样容易出现。

此时，定义掷出正面的概率为

$$\frac{1}{2}$$

- $\frac{1}{2}$ 中的分母 2 是“所有的情况数”；
- $\frac{1}{2}$ 中的分子 1 是“掷出正面的情况数”。

由梨：“等一下，我有质疑！这感觉怪怪的，哥哥。”

我：“想不通吗？哪里觉得奇怪？”

由梨：“……”

由梨合上嘴巴陷入了深思，她的一头栗色头发闪闪发亮。

我静静等待她回答。

1.3　想不通的由梨

我：“……”

由梨：“……我说不上来。”

我：“你能够说出‘自己的想法’吗？”

由梨：“感觉怪怪的。那个……”

我：“嗯。”

由梨：“掷硬币 1 次时，掷出正面的概率为 $\frac{1}{2}$ 嘛。”

我：“对，没错。”

由梨：“我不懂概率为 $\frac{1}{2}$ 的理由。”

我：“你想知道为什么掷硬币 1 次掷出正面的概率为 $\frac{1}{2}$？

嗯，我可以理解会有这样的疑问。”

由梨：“所以，我以为哥哥会像这样开始讲起：

- 根据某某定理，掷出正面的概率为 $\frac{1}{2}$；
- 该定理可由什么什么得到证明。”

我：“原来如此。由梨真是机敏！”

由梨：“哥哥刚才说的内容有跳步吧？”

我：“我没有跳步哦。”

由梨：“哥哥不是‘定义’掷出正面的概率为 $\frac{1}{2}$ 吗？”

我：“我是这么定义的。”

由梨：“这就是跳步啊！直接决定概率为 $\frac{1}{2}$，好狡猾。”

我：“但是，对于为什么掷出正面的概率为 $\frac{1}{2}$，也仅能够回答‘因为这么定义’。”

由梨：“‘定义’也就表示‘这么决定’，可以这样……可以这样擅自决定概率吗？”

我：“可是，一定会在某个地方定义概率哦。若不定义‘概率是这样的概念’，就没办法做数学的讨论。”

由梨：“哎——不是这个意思啦！你怎么不了解我在意的地方呢！”

我：“别强人所难了。”

看着由梨认真的神情，我陷入思考：

她在意的地方是——

1.4 概率与容易发生的程度

由梨："懂了吗？懂了吗？知道我在意的地方了吗？"

我："别催我啦……大概知道吧。"

由梨："兴奋期待。"

我："你是不是认为本来就有'概率的概念'？"

由梨："哎？理所当然吧。难道没有吗？"

我："若没有去定义，概率本身并不存在哦。"

由梨："不要说些莫名其妙的话啦！"

我："说不存在可能有些过头，但我们并非研究自然界中已经存在的概率。"

由梨："我完全无法理解啦！掷硬币掷出正面的情况，比彩票中奖的情况更容易发生啊！彩票几乎不会发生中奖的情况嘛！这样一来怎么会说概率不存在呢？"

我："就是这点。我们会去关心事情是否会发生嘛！"

由梨："会啊，当然。"

我："所以，我们才会想研究'容易发生的程度'。"

由梨："这样的话，概率果然存在吧！"

我："仔细听好。我们过去经历的事件的'容易发生的程度'确实存在。如同你刚才所说，掷硬币掷出正面的情况，比彩票中奖容易发生。我们可由过去的经验了解这件事，所以会想调查其'容易发生的程度'。"

由梨："……"

我："为了研究容易发生的程度，自然会思考应该先将其定义成什么样的概念。定义成某种概念后，才能研究容不容易发生，也才能够断言这个比那个更容易发生。概率就是为此定义的概念哦。"

由梨："……"

我："怎么样？稍微想通了吗？"

由梨："该不会……'容易发生的程度'和'概率'是不同的概念吧？"

我："没错！'容易发生的程度'和'概率'是不同的概念哦。"

由梨："……"

我："'容易发生的程度'和'概率'是不同的概念。嗯，这有点儿像是'温暖的程度'和'温度'的差别。"

由梨："……这样啊！"

我："如同为了调查'温暖的程度'、比较'哪个比较温暖'而定义'温度'。"

由梨："为了调查'容易发生的程度'、比较'哪个比较容易发生’，需要先定义‘概率’？”

我：“是的。这是概率的第一步。概率不是一开始就存在的东西，而是定义出来的概念哦。”

由梨：“呜哇！感觉好混乱……等一下，哥哥，这很奇怪。”

我：“哪里奇怪？”

由梨：“我明白概率是一种定义出来的概念了。但这样的话，不就能够随便定义各种概率吗？可以这样擅自决定吗？”

我：“由梨，你的问题很棒！”

由梨：“虽然不知道结果会如何，但可以使用平方、立方或三角函数来定义新的概率……之类的。”

我：“那个应该不叫作‘概率’了吧，但要怎样定义不受限制哦。例如，我们可以决定为了表示‘容易发生的程度’，创造‘由梨率’这个新概念。”

由梨：“这样会变得非常混乱吧。”

我：“不会，因为擅自定义出来的‘由梨率’并不好用，所以没有什么人会想使用它哦。”

由梨：“呜……”

我：“定义本身若无法巧妙地描述我们所知的‘容易发生的程度’，就没有任何用处。”

由梨：“啊！那么，哥哥刚刚说的‘概率’定义，能够巧妙描述出‘容易发生的程度’吗？”

我：“没错！采用概率的这个定义时，如果仅是掷 1 枚硬币 1 次的状况不会觉得有用。不过，在讨论更复杂的‘容易发生的程度’时，就会觉得非常方便。”

由梨：“哦！”

我：“了解定义概率的意义后，回到前面的话题吧。”

1.5 概率的定义

掷硬币 1 次“掷出正面的概率”的定义（重提）

掷 1 枚硬币 1 次时，有如下假设：

- 结果为正面或者反面；
- 不会同时掷出正面和反面；
- 正面和反面同样容易出现。

此时，定义掷出正面的概率为

$$\frac{1}{2}$$

- $\frac{1}{2}$ 中的分母 2 是“所有的情况数”；
- $\frac{1}{2}$ 中的分子 1 是“掷出正面的情况数”。

由梨："……"

我："这里的定义仅有'正面'和'反面' 2 种情况的概率，是为了简单说明概率是定义出来的概念。不过一般来说，我们会像这样定义 N 种情况的概率。"

概率的定义

一共有 N 种"可能发生的情况"时，有如下假设：

- 结果为 N 种情况之一；
- N 种情况仅会发生其中一种；
- N 种情况同样容易发生。

定义全部 N 种情况中，发生 n 种情况之一的概率为

$$\frac{n}{N}$$

- $\frac{n}{N}$ 中的分母 N 是"所有的情况数"；
- $\frac{n}{N}$ 中的分子 n 是"所关注的情况数"。

由梨："……"

我："这样假设如何？假设 $N=2$、$n=1$，这就会变成掷硬币 1 次'掷出正面的概率'的定义。"

由梨："嗯……"

我：“为了帮助理解，我们举其他例子来说明吧。这次不使用硬币，而改成讨论掷骰子。”

由梨：“好的。”

1.6 掷骰子的例子

我：“掷骰子后，结果会是这 6 种情况。”

1 2 3 4 5 6

由梨：“对啊！”

我：“掷 1 颗骰子 1 次时，掷出的点数会是 6 种情况之一。”

由梨：“嗯，不过不知道会掷出哪种情况。”

我：“然后，假设骰子的各个点数同样容易出现，不会特别容易掷出6。”

由梨：“不是作弊骰子的意思？”

我：“是的。”

由梨：“然后呢？”

我：“根据概率的定义，例如掷出5的概率是

$$\frac{1}{6}$$

在所有的 6 种情况中，只有 1 种掷出5的情况，所以 $N=6$、

$n=1$。”

由梨：“这不是将理所当然的事情用比较复杂的方式说明吗？”

我：“应该说是套用概率的定义哦。想求的概率是这样的。”

$$\text{掷出⚄的概率} = \frac{\text{掷出⚄的情况数（1种）}}{\text{所有的情况数（6种）}} = \frac{1}{6}$$

由梨：“嗯，好哦。”

我：“那么，你知道掷骰子 1 次‘掷出⚄或⚅的概率’吗？”

由梨：“$\frac{1}{3}$。”

我：“为什么呢？”

由梨：“因为 $\frac{2}{6}=\frac{1}{3}$。”

我：“没错。所有的情况有 6 种，而掷出⚄或⚅的情况有掷出⚄和掷出⚅ 2 种情况，可知 $N=6$、$n=2$。因此，想求的概率是

$$\begin{aligned}\text{掷出⚄或⚅的概率} &= \frac{\text{掷出⚄或⚅的情况数（2种）}}{\text{所有的情况数（6种）}} \\ &= \frac{2}{6} \\ &= \frac{1}{3}\end{aligned}$$

这就是将具体例子套用概率的定义。”

由梨：“嗯——定义我了解了，但还是想不通……”

1.7 还是想不通的由梨

我：“哪里想不通？例如……”

由梨：“等一下啦！那个……概率定义中的‘结果为 N 种情况之一’，就相当于掷硬币的‘结果为正面或者反面’吗？”

我：“对，这是定义概率时的假设。是这里想不通吗？”

由梨：“不是。这里没有问题……后面出现的‘N 种情况仅会发生其中一种’，就相当于掷硬币的‘不会同时掷出正面和反面’吗？”

我：“没错，就是这么回事。这个假设非常重要。”

由梨：“那么，‘N 种情况同样容易发生’相当于掷硬币的哪个部分呢？”

我：“相当于‘正面和反面同样容易出现’哦。假设不会特别容易掷出正面或者反面。”

由梨：“这个假设有意义吗？”

我：“什么意思？”

由梨：“就是字面上的意思啊！掷硬币时，假设‘正面和反面同样容易出现’有意义吗？”

我：“我不懂你想问的是什么。”

由梨：“呜！怎么会不懂呢？领悟一下啦！”

我：“没说出来的话我怎么会懂呢？”

由梨：“像平常一样使用心电感应不就好了。”

我：“别强人所难了。”

我陷入思考。

由梨到底哪里想不通呢？

我：“你该不会是卡在‘容易发生’这种说法上了吧？明明是要定义‘概率’却说‘容易发生’，这不会变成循环定义吗？”

由梨：“循环定义？”

我：“明明想定义‘概率’，却使用‘容易发生的程度’来定义，像是这样的情况。”

由梨：“不是。‘概率’和‘容易发生的程度’本来就是不同的概念嘛！”

我：“这里也没有问题……啊！那你在意的地方是，没有办法调查硬币正反面哪面比较容易出现吗？”

由梨：“就是这个！不对吗？本来就不可能假设‘正面和反面同样容易出现’！难道不是吗？假使这边有枚硬币，怎么能够断言正反面同样容易出现呢？根本没有办法调查啊！”

我：“正因为如此，我们才要定义哦。”

由梨：“明明不知道正反面是否同样容易出现，却要这样假设吗？”

我：“没错。就某方面来说，你的问题有一半是正确的。对于眼前的实体硬币，无法断言正反面是否同样容易出现。正因为如此，才要先假设‘正面和反面同样容易出现’。”

由梨：“这样的话，如果那枚硬币是‘容易掷出正面的硬币’怎么办？不会产生困扰吗？”

我：“当前提假设不成立时，它就无法套用概率的定义。换言之，‘容易掷出正面的硬币’，掷出正面的概率不会是 $\frac{1}{2}$。这样一点儿都不会造成困扰哦。”

由梨：“唔……感觉好像被含混带过了。”

我：“这可能是因为你心中混淆了两种硬币。”

由梨：“两种硬币？”

1.8 两种硬币

我：“我们刚才提到有两种硬币，一种是理想的硬币，可确切地说正反面同样容易出现。所以，理想的硬币掷出正面的概率是 $\frac{1}{2}$。这是从概率的定义得到的结论。”

由梨：“嗯哼，那另一种硬币是？”

我：“另一种是现实的硬币。虽然可认为正反面同样容易出现，但没有办法完全确定，不过也没有办法说特别容易掷出正面或者反面。这样的硬币就是现实的硬币。”

由梨：“理想的硬币和现实的硬币……”

我：“定义概率的时候，需要使用理想的硬币。概率的定义阐明了理想硬币须满足的假设。我们眼前的硬币是现实的硬币，将该硬币当作可满足概率定义中的假设的硬币，思考能够得到什么结论……会以这样的流程来讨论哦。”

由梨：“哦……我感觉有点儿明白了。将现实的硬币当作可满足假设的硬币，但是，如果不知道将它当成满足假设的硬币正不正确，也就无法得知最后得到的概率正不正确吧？”

我：“由梨真机敏！没错，我们没有办法断言现实的硬币能不能满足概率定义中的假设。虽然无法得知，但能够进行调查。”

由梨：“无法断言却能够调查……我不理解哥哥在说什么。”

我：“虽然没有办法断言现实的硬币能满足假设，但能够知道眼前的硬币是否满足假设。”

由梨：“诶！有办法知道吗？”

我：“只要实际掷看看就行了。”

1.9 统计结果来确认

由梨：“哈？这是什么原始的方法？实际掷能够知道什么？”

我：“虽然这是最原始的方法，但我们能够做的事，也仅有试着掷硬币而已。掷后观察是否掷出正面，如此一来……”

由梨：“我又不明白了，哥哥！现在我们想知道的是，现实硬币的正反面是否同样容易出现吗？”

我：“没错。所以才要试着掷……”

由梨：“等一下啦！我们不是知道掷硬币后会发生什么事情吗？不是掷出正面，就是掷出反面，但不知道会发生哪种情况。即便非常仔细地观察，仍旧无法知道确切的结果。即使是如此，还有其他能够做到的事情吗？”

我：“有的。可以掷硬币数次，然后统计掷出正面几次。”

由梨：“就算计录次数，也没办法直接判断会掷出正面还是反面。对于可能发生也可能不发生的偶然，还是无法直接判断结果啊！”

我：“嗯，我非常清楚你的意思。如同刚才所说，我们没有办法断言眼前的硬币是否会掷出正面或者反面，但能够判断两者好像同样容易出现。”

由梨：“唔……”

我：“稍微整理一下吧。‘统计掷出正面几次’更正式的说法会像这样。”

“反复掷硬币，统计掷出正面的次数”

假设掷硬币的次数为正整数 M。

掷硬币 M 次。

M 次当中，掷出正面的次数为 m。

由梨:“呵呵，别想骗过我的眼睛……”

我:“什么意思?”

由梨:“别想骗过我的眼睛。即便使用字母 M，实际上仍是数嘛！若是正整数，$M=1$、$M=123$ 或 $M=10\ 000$，说的内容根本没有改变！”

我:“没错，说的内容没有改变。不过，使用 M、m 等字母后，就能简洁地表达想说的事情。”

由梨:“真的吗?”

我:“例如，掷硬币 2 次可简洁地表达成 $M=2$ 吧?”

由梨:“嗯哼！”

1.10　掷硬币 2 次的时候

我:“假设掷硬币的次数为 M，掷出正面的次数为 m。$M=2$ 的时候，会发生下述 4 种情况之一。”

- 第 1 次掷出“反面”，第 2 次也掷出“反面”，
  即掷出正面 0 次 ($m=0$)。
- 第 1 次掷出“反面”，第 2 次掷出“正面”，
  即掷出正面 1 次 ($m=1$)。
- 第 1 次掷出“正面”，第 2 次掷出“反面”，
  即掷出正面 1 次 ($m=1$)。

- 第 1 次掷出“正面”，第 2 次也掷出“正面”，
  即掷出正面 2 次 ($m=2$)。

由梨：“嗯，感觉很绕圈子。”

我：“没错，所以这里改成只记正反面来简化描述。$M=2$ 的时候，会发生下述 4 种情况之一。”

- 反反 ($m=0$)。
- 反正 ($m=1$)。
- 正反 ($m=1$)。
- 正正 ($m=2$)。

由梨：“对啊！”

1.11 掷硬币 3 次的时候

我：“掷硬币 3 次，也就是 $M=3$ 的时候，会发生下述 8 种情况之一。”

- 反反反 ($m=0$)。
- 反反正 ($m=1$)。
- 反正反 ($m=1$)。
- 反正正 ($m=2$)。
- 正反反 ($m=1$)。

- 正反正 (m=2)。
- 正正反 (m=2)。
- 正正正 (m=3)。

由梨："对哦，M=3 时会有 8 种情况。"

我："是的。每次掷会有正反 2 种情况，若掷 3 次，

$$\underbrace{2\times2\times2}_{3次}=8$$

计算后可得到 8 种情况。"

由梨："嗯，然后呢？"

1.12　掷硬币 4 次的时候

我："掷硬币 4 次——也就是 M=4 时会有下述 16 种情况。"

- 反反反反 (m=0)。
- 反反反正 (m=1)。
- 反反正反 (m=1)。
- 反反正正 (m=2)。
- 反正反反 (m=1)。
- 反正反正 (m=2)。
- 反正正反 (m=2)。

- 反正正正 (m=3)。
- 正反反反 (m=1)。
- 正反反正 (m=2)。
- 正反正反 (m=2)。
- 正反正正 (m=3)。
- 正正反反 (m=2)。
- 正正反正 (m=3)。
- 正正正反 (m=3)。
- 正正正正 (m=4)。

由梨：“哥哥，哥哥，这不就是 M 增加后，情况的数量会变得非常大吗？”

我：“没错。若掷 M 次，

$$\underbrace{2\times2\times\cdots\times2}_{M\text{次}}=2^M$$

计算后可得到 2^M 种正反组合。如果要列出所有情况，那么 M 较大时会呈爆炸性增长，所以记述方式须要下点工夫，由‘掷出正面的次数’来计算组合数。”

由梨：“计算组合数？”

1.13 计算组合数

我：“例如，$m=4$ 时，组合仅有正正正正 1 种情况；$m=3$ 时，有正正正反、正正反正、正反正正、反正正正 4 种情况。$M=4$ 时，可像这样进行整理。”

- $m=0$ 时的组合有 1 种：
  - 反反反反 ($m=0$)
- $m=1$ 时的组合有 4 种：
  - 反反反正 ($m=1$)
  - 反反正反 ($m=1$)
  - 反正反反 ($m=1$)
  - 正反反反 ($m=1$)
- $m=2$ 时的组合有 6 种：
  - 反反正正 ($m=2$)
  - 反正反正 ($m=2$)
  - 反正正反 ($m=2$)
  - 正反反正 ($m=2$)
  - 正反正反 ($m=2$)
  - 正正反反 ($m=2$)

- $m=3$ 时的组合有 4 种：
  - 反正正正 $(m=3)$
  - 正反正正 $(m=3)$
  - 正正反正 $(m=3)$
  - 正正正反 $(m=3)$
- $m=4$ 时的组合有 1 种：
  - 正正正正 $(m=4)$

由梨：“原来如此。”

我：“由梨，你对这些数字没有印象吗？”

- $m=0$ 时的组合有 1 种。
- $m=1$ 时的组合有 4 种。
- $m=2$ 时的组合有 6 种。
- $m=3$ 时的组合有 4 种。
- $m=4$ 时的组合有 1 种。

由梨：“1、4、6、4、1……啊，这是杨辉三角形中的数字！”

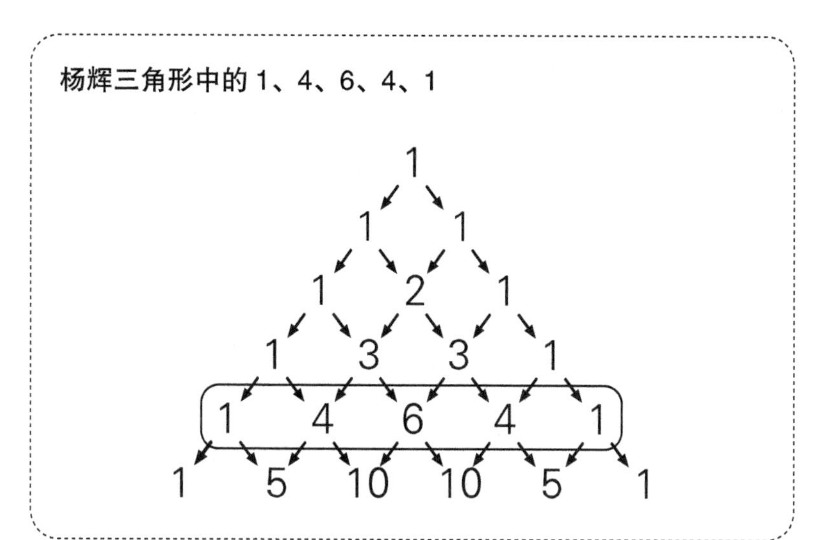

我：“没错！你竟然能想到杨辉三角形。”

由梨：“不过，这是偶然吗？”

我：“不，回想一下杨辉三角形的求法，就知道这不是偶然哦。杨辉三角形中的每个数字都是其左上角的数字加上其右上角的数字以这样的方式组成的三角形。”

由梨：“这会是组合数？”

我：“只要将往左下前进的箭头标为‘正’；往右下前进的箭头标为‘反’就行了。”

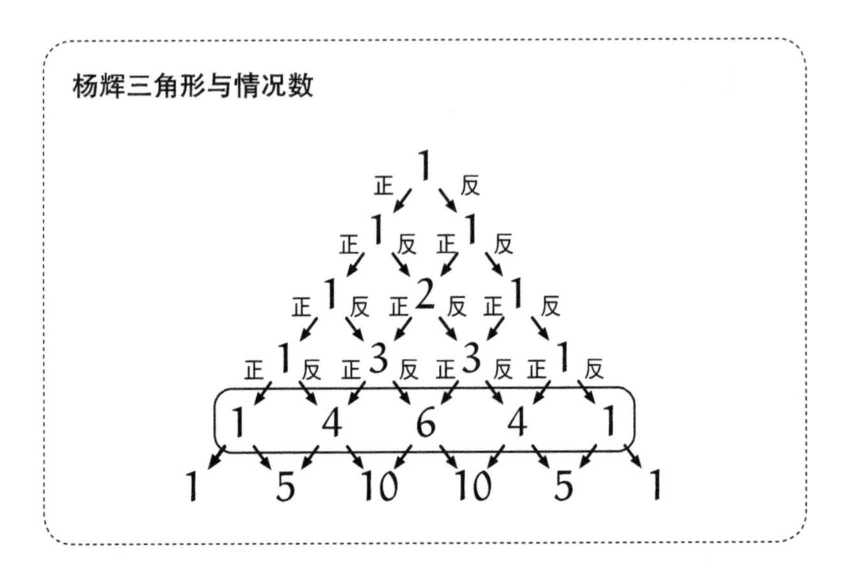

由梨："嗯……"

我："这样一来，可知掷硬币 4 次时，正反的组合会对应由最上方前进 4 个箭头的路径。例如，3 次正面、1 次反面的组合有这 4 种路径。"

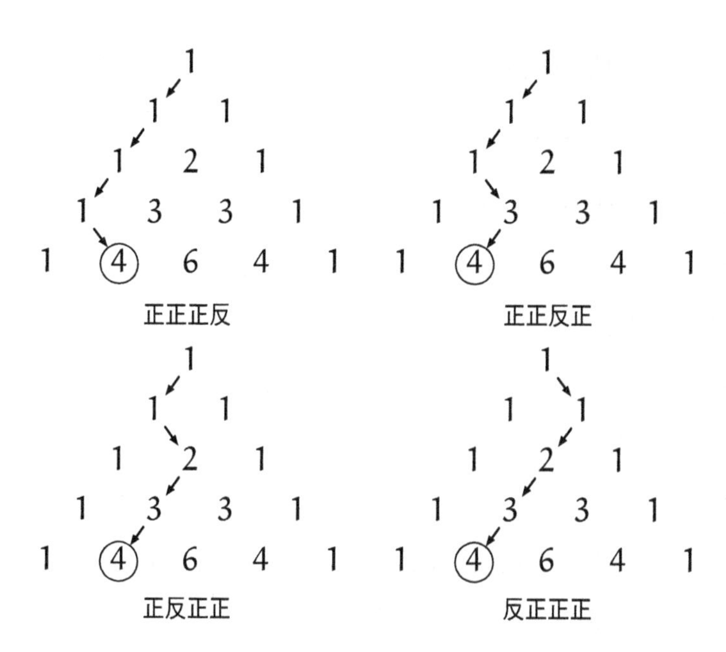

由梨："哈……"

我："杨辉三角形中的数字，表示到达该处共有几种路径，这刚好对应了硬币的正反组合数。"

由梨："想成掷硬币的话，相当于掷出正面往左下前进，掷出反面往右下前进。"

我："就是这么回事。"

由梨："真有意思诶!"

1.14 有几种组合？

我："杨辉三角形就讲到这里，回到原本的话题吧。"

由梨："前面是在讨论什么来着？"

我："在讨论现实的硬币是否正反面同样容易出现。"

由梨："对哦。"

我："与其每次都说'这枚硬币正反面同样容易出现'，不如改称'这枚硬币是公平的'。"

由梨："哈？"

我："公平就是'无偏差'的意思哦。每次掷正反面总是同样容易出现的硬币，就称为公平的硬币。"

公平的硬币

正反面总是同样容易出现的硬币，称为公平的硬币，或者无偏差的硬币。

由梨："这是说它不是一枚作弊硬币的意思吗？"

我："对，理想的硬币是公平的。那么，现实的硬币能够视为公平的吗？我们想调查的是，眼前的现实硬币能否看作公平的。为此，我们需要仔细观察掷硬币 4 次时的组合数。"

M=4 的时候，总共有 16 种组合，其中……

- m=4 时的组合有 1 种。
- m=3 时的组合有 4 种。
- m=2 时的组合有 6 种。
- m=1 时的组合有 4 种。
- m=0 时的组合有 1 种。

由梨：“嗯，好的。掷 4 次的正反组合全部有 16 种。

$$\underbrace{2\times2\times2\times2}_{4\text{次}}=16$$

然后呢？”

我：“按照掷出正面的次数，以直方图表示几种组合的情况数。”

由梨：“嗯哼？”

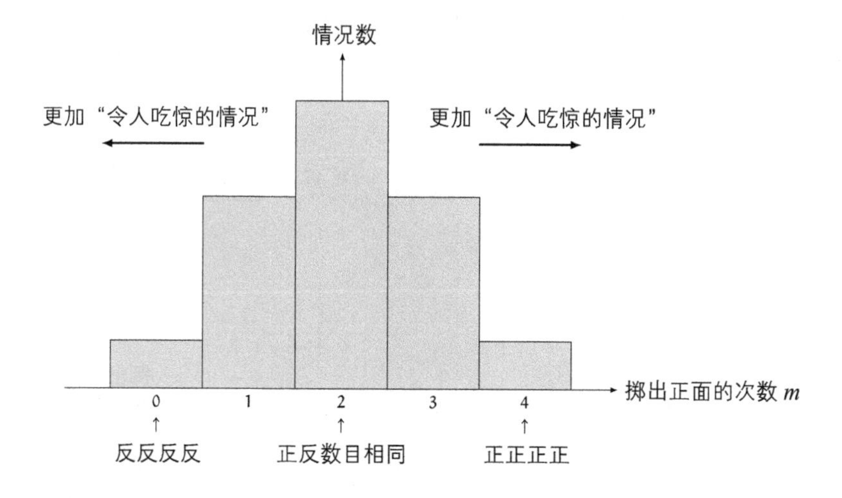

我："假设掷 4 次全部掷出正面，也就是 $M=4$、$m=4$ 的情况。就这张直方图而言，相较于正反数目相同的 2 次，掷出正面 4 次是偏差非常大的结果。若该枚硬币是公平的，则可以说是发生了相当令人吃惊的情况。"

由梨："嗯……但是，实际上有可能掷出正正正正，并非绝对不会发生。"

我："是的。因为并非不会发生，所以可以试着扩大 M 值来讨论，也就是增加掷硬币的次数。"

由梨："像是 $M=10$ 吗？"

我："嗯。例如，假设掷 10 次皆掷出正面，也就是 $M=10$、$m=10$ 的情况。

$$\underbrace{2\times2\times2\times2\times2\times2\times2\times2\times2\times2}_{10\text{次}}=1024$$

全部情况共有 1024 种，其直方图会像下面这样。"

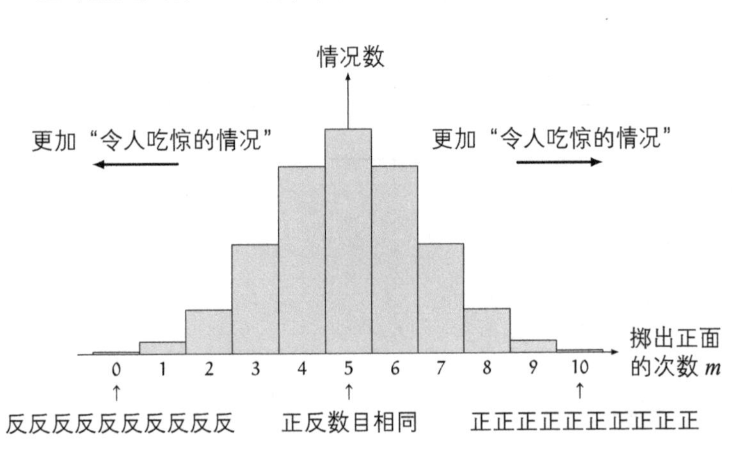

由梨："……等一下。"

我："好的。怎么了？"

由梨："M 值非常大的时候，全部都掷出正面是令人吃惊的情况，所以该枚硬币并不公平，意思是这样吗？"

我："大致上是这个意思，不过其实不用全部掷出正面也可以哦。就这张直方图而言，越是偏离掷出正面 5 次的结果，越算是令人吃惊的情况。"

由梨："嗯哼！"

我："以现实的硬币来说，无法断言'这枚硬币不公平'，但可以说：'如果这枚硬币公平，那么发生了非常令人吃惊的情况。'"

由梨："哦，我感觉就像是侦探一样诶！"

1.15　相对频率的定义

我："前面为简单起见，以'全部掷出正面'来说明，后面我们改为关注'掷次数中掷出正面的次数'的比例吧。"

由梨："比例？"

我："使用比例描述'掷次数'中'掷出正面的次数'，具体来说，就是用像

$$\frac{m}{M}$$

这样的分数来讨论。”

由梨：“啊！这是概率嘛！”

我：“不对哦。”

由梨：“咦？”

我：“不对哦。$\frac{m}{M}$并非概率。”

由梨：“不是概率是什么？”

我：“$\frac{m}{M}$是相对频率（relative frequency）。概率和相对频率是不同的概念。”

相对频率的定义

假设掷硬币 M 次，掷出“正面”的次数为 m，则

$$\frac{m}{M}$$

为掷出“正面”的相对频率。

由梨：“它和概率同样都是分数的形式啊！”

我：“错了，不能因为同样是分数形式，就将二者视为相同的概念哦。概率和相对频率不一样，其分母和分子代表的意义完全不同。回顾一下概率的定义吧。”

概率的定义（重提）

一共有 N 种“可能发生的情况”时，有如下假设：

- 结果为 N 种情况之一；
- N 种情况仅会发生其中一种；
- N 种情况同样容易发生。

定义全部 N 种情况中，发生 n 种情况之一的概率为

$$\frac{n}{N}$$

- $\frac{n}{N}$ 中的分母 N 是“所有的情况数”；
- $\frac{n}{N}$ 中的分子 n 是“所关注的情况数”。

由梨：“嗯……”

由梨陷入了思考。

我静静地等待着。

这个地方值得花时间探讨。

我自己也曾经搞混相对频率和概率，非常能够体会她所感到的混乱。

由梨：“……”

我：“……”

由梨："……实际操作就能够了解相对频率吗？"

我："没错。只要实际掷硬币，就能得到掷出正面的相对频率哦。"

由梨："若掷 M 次，其中掷出正面 m 次，计算 $\frac{m}{M}$ 就行了吗？"

我："对，这样就能够求得掷出正面的相对频率。若掷 2 次，其中掷出正面 1 次，相对频率就是 $\frac{1}{2}$。"

由梨："如果掷 2 次，其中掷出正面 2 次，相对频率就是 1 吗？"

我："是的。因为 $M=2$、$m=2$，所以相对频率是 $\frac{m}{M}=\frac{2}{2}=1$ 哦。"

由梨："概率是由定义决定的概念，而相对频率是实际掷后调查而出的概念？"

我："就是这么回事。"

由梨："嗯，我了解概率和相对频率的差异了。不过，两者并非毫无关系吧？"

我："是的，就像你说的，概率和相对频率并非毫无关系。我们对照两种硬币来讨论吧。"

由梨："理想的硬币和现实的硬币？"

我："是的。理想的硬币是公平的，所以理想的硬币掷出正面的概率为 $\frac{1}{2}$。这是由概率的定义得到的结论。"

由梨："嗯哼！"

我："现实的硬币无法断言是公平的，但我们会想调查其是否可被视为公平的，掷次并统计掷出正面几次。换言之，掷 M 次并统计数 m，调查相对频率 $\frac{m}{M}$ 的数值。"

由梨：“嗯哼嗯哼！”

我：“假设 M 值非常大，调查掷出正面的相对频率 $\frac{m}{M}$。掷出正面的相对频率，也就是掷硬币数次中掷出正面的比例，掷次数越大，就越接近掷出正面的概率。因此，这可用来判断现实的硬币是否公平。而探讨这些步骤的过程，称为假设检验（hypothesis testing）。”

由梨：“唔……总觉得不对劲。”

我：“觉得哪里不对劲？”

由梨：“等一下，不要催我啦！”

我：“好啦，你慢慢想。”

由梨：“……”

我：“……”

1.16 掷出正面 10 次后，容易掷出反面吗？

由梨：“假设有正反面同样容易出现的硬币。”

我：“嗯，公平的硬币。”

由梨：“公平的硬币的 M 越大，$\frac{m}{M}$ 就会越接近 $\frac{1}{2}$ 吗？”

我：“是的。若掷次数 M 越大，可以说 $\frac{m}{M}$ 会越接近 $\frac{1}{2}$。”

由梨：“掷公平的硬币时，有可能发生前面连续掷出正面 10 次的情况吗？”

我：“嗯，当然。这是有可能的。”

由梨：“连续掷出正面 10 次的时候，下一次掷会掷出哪一面？”

正→正→正→正→正→正→正→正→正→正→?

我：“即便前面连续掷出正面 10 次，也无法得知第 11 次会掷出哪一面，既可能掷出正面，也可能掷出反面。因为是公平的硬币，所以正反面同样容易出现。”

由梨：“我有质疑！这里很奇怪！”

我：“咦？哪里奇怪？”

由梨：“如果掷 10 次，其中掷出正面 10 次，那么相对频率不就是 1 吗？”

我：“对，你说得没错。因为掷 10 次，所以 $M=10$，若其中掷出正面 10 次，则 $m=10$。因此，在这个时间点，掷出正面的相对频率会是

$$\frac{m}{M}=\frac{10}{10}=1$$

相对频率是 1 没有错。”

由梨：“但是，M 值变大后，$\frac{m}{M}$ 会逐渐接近 $\frac{1}{2}$。”

我：“这也没有错。”

由梨：“明明如此，第 11 次的正反面还是同样容易出现吗？”

我：“嗯，是的。你在意的是什么地方？”

由梨：“如果想要相对频率从 1 往 $\frac{1}{2}$ 接近，反面不是应该要比较容

易出现吗？”

我：“啊……你是这个意思啊！”

由梨：“对吧？因为前面掷出正面 10 次了，后面要出现比较多次反面才能够取得平衡。否则，相对频率没有办法接近 $\frac{1}{2}$。相对频率接近 $\frac{1}{2}$，代表正反面会出现相同的次数嘛。这样的话，出现许多正面后，反面应该比较容易出现才对！”

我：“来整理一下‘由梨的疑问’。”

由梨的疑问

公平的硬币连续掷出正面 10 次后，反面应该要比较容易出现才对。若反面没有比较容易出现，即便反复掷硬币，相对频率也不会接近 $\frac{1}{2}$。

由梨：“对，对！”

我：“我了解你的问题了。但说到底，讨论‘连续掷出正面 10 次后，反面比较容易出现’本身就不恰当，毕竟‘硬币没有记忆功能’。”

由梨：“硬币没有记忆功能……”

我：“硬币没有像计算机的内存，或是人类的脑袋一样的记忆功能。换言之，硬币没办法记忆出现过几次正反面。因为不记得，所以不会考虑过去出现的正反面，来决定下一次的结果，对吧？”

由梨：“的确，‘硬币没有记忆功能’……可是……可是啊，哥哥！这样的话，相对频率接近 $\frac{1}{2}$ 的说法就错了。”

我：“怎么说？”

由梨：“我刚才说了啊！正反面必须取得平衡，掷 10 次，掷出正面 10 次，代表反面出现 0 次。如果后面不出现比较多的反面，就会一直是正面比较多的状态。为了增加反面出现的次数，即便只是多几次，反面也应该要比较容易出现才对！”

我：“然而，现实并非如此。”

由梨：“呜哇，什么跟什么啊！不明所以。如果正反面同样容易出现，掷出正面 10 次后，要怎么取得平衡？我完全无法理解。”

我：“多次掷就能够取得平衡哦。”

由梨：“啥？”

我：“你所说的‘取得平衡’，是像‘连续掷出正面 10 次后，连续掷出反面 10 次’的感觉吗？”

由梨：“嗯，感觉上是这样的。”

我：“这是在掷出正面 10 次后，想用剩余的 10 次取得平衡。

的确，想用剩余的 10 次使相对频率接近 $\frac{1}{2}$，必须掷出比较多的反面才行。”

由梨：“……”

我：“但是，在说‘掷公平的硬币时，M 值越大相对频率越接近 $\frac{1}{2}$’的时候，不会用如此小的数讨论合不合理，此时的 M 会是好几亿、好几千亿……会用这种极为庞大的数来讨论。”

由梨：“嗯……即便如此，如果前面连续掷出正面 10 次，后面都是正反面同样容易出现，那还是正面会比较多吧！就算掷好几千亿次也是如此啊！”

我：“是的。若考虑正反面掷出的次数‘差值’，的确会保持正面偏多的状态发展下去。例如，连续掷出正面 10 次后，继续掷 10 000 次，假设正反面掷出相同的次数，也就是各掷出 5000 次。如此一来，结果会是掷 10 010 次，掷出正面 5010 次、反面 5000 次。此时的‘差值’为 10 次。”

讨论正反面掷出次数的“差值”

假设先掷 10 次，10 次全部掷出正面。

继续掷 10 000 次，且掷出正面 5000 次。

- 掷出正面的次数为 10+5000=5010 次。
- 掷出反面的次数为 5000 次。

$$掷出正面的次数 - 掷出反面的次数 =5010-5000=10$$

由梨：“看吧，果然是正面多掷出 10 次！”

我："但是，相对频率讨论的不是'差值'，而是掷次数中掷出正面次数的比例。换言之，不是关注'差值'而是关注'比值'。如此一来，掷的次数越多，相对于掷次数来说，'正面多掷出 10 次'所带来的偏差程度会越小。若掷 10 010 次，其中掷出正面 5010 次的话，相对频率 $\frac{m}{M}$ 会相当接近 0.5 哦。"

讨论掷次数中掷出正面次数的"比值"

假设先掷 10 次，10 次全部掷出正面。

继续掷 10 000 次，且掷出正面 5000 次。

- 掷次数为 10+10 000=10 010 次。
- 掷出正面的次数为 10+5000=5010 次。

$$\text{相对频率} = \frac{\text{掷出正面的次数}}{\text{投掷次数}} = \frac{5010}{10\,010} = 0.500\,499\,5\cdots$$

由梨："哦！我好像了解'差值'和'比值'的不同了！"

我："虽然这里举的是 10 010 的例子，但也可以讨论更大的数值哦。"

由梨："不用，我已经了解了。即便出现偏差，也会被庞大的数稀释嘛！"

我："就是这么回事！"

1.17 每 2 次发生 1 次的情况

由梨："每 2 次掷出正面 1 次……没想到这么难。"

我："对啊！掷正面出现的概率为 $\frac{1}{2}$ 的硬币 2 次，不能够说肯定掷出正面 1 次。不过，若'每 2 次发生 1 次'的意思是'每 2 次掷出 1 次的比例'，那就能够说得通。换言之，这是在描述'M 值越大时相对频率越接近 $\frac{1}{2}$'的情况。"

由梨："咦，这样不算是扩张解释吗？"

我："不算是扩张解释吧。"

由梨："哎呀呀！我有一个大发现！"

我："突然这么激动，这是怎么了？"

由梨："反过来就不成立了嘛！"

我："反过来？把什么东西反过来？"

由梨："掷公平的硬币多次，相对频率会接近 $\frac{1}{2}$——反过来不成立。"

我："相对频率接近 $\frac{1}{2}$ 的硬币为公平的硬币——不成立的意思？"

由梨："对啊！即便有相对频率接近 $\frac{1}{2}$ 的硬币，也未必就是公平的硬币！"

我："哦哦？那是什么样的硬币呢？"

由梨："是机器人硬币。"

我："机器人硬币是什么啊？"

由梨："能够自己决定掷出正反面的机械式硬币。当然，它具备记忆功能。”

我：“这真是不得了啊！”

由梨：“然后，假设机器人硬币一定是正反交替出现。

正→反→正→反→正→反→正→……

这样一来，相对频率会接近 $\frac{1}{2}$ 嘛！不过，这种机器人硬币并不公平！”

我：“连续出现正反正反正反……的硬币啊！”

第 1 章的问题

●**问题 1-1（掷硬币 2 次）**

掷公平的硬币 2 次时，会发生下述 3 种情况之一：

① 掷出“正面”0 次；

② 掷出“正面”1 次；

③ 掷出“正面”2 次。

因此，①、②和③发生的概率皆为 $\frac{1}{3}$。

请指出错误的地方，并求出正确的概率。

（解答在第 257 页）

●问题 1-2（掷骰子）

掷公平的骰子 1 次，请分别求出下述 *a~e* 的概率：

a. 掷出⚂的概率

b. 掷出偶数的概率

c. 掷出偶数或者 3 的倍数的概率

d. 掷出大于⚅的概率

e. 掷出小于或等于⚅的概率

（解答在第 259 页）

●问题 1-3（比较概率）

掷公平的硬币 5 次，假设概率 p 和 q 分别为

p= 结果为“正正正正正”的概率

q= 结果为“反正正正反”的概率

请比较 p 和 q 的大小。

（解答在第 260 页）

●问题 1-4（掷出正面 2 次的概率）

掷公平的硬币 5 次，试求刚好掷出正面 2 次的概率。

（解答在第 262 页）

●问题 1-5（概率值的范围）

假设某概率为 p，请使用概率的定义（见第 11 页）证明下式成立。

$$0 \leqslant p \leqslant 1$$

（解答在第 264 页）

第 2 章

在整体中占多少比例？

“若不了解整体，那就更不用谈其中的一半了。”

2.1 扑克牌游戏

由梨和我继续聊着有关概率的话题。

我：“一直掷硬币也腻了，来讨论别的问题吧。”

由梨：“好啊！什么样的问题？”

我：“有关扑克牌的问题哦。你知道排除王牌后，1 副扑克牌有几张牌吗？”

由梨：“52 张吧？”

我：“是的。扑克牌有 4 种花色：

黑桃	红桃	梅花	方块
♠	♡	♣	♢

然后，各花色分别有 13 种牌面：

Ace										Jack	Queen	King
A	2	3	4	5	6	7	8	9	10	J	Q	K

所以——”

由梨：“一共有 4×13=52 张。”

♠A	♠2	♠3	♠4	♠5	♠6	♠7	♠8	♠9	♠10	♠J	♠Q	♠K
♡A	♡2	♡3	♡4	♡5	♡6	♡7	♡8	♡9	♡10	♡J	♡Q	♡K
♣A	♣2	♣3	♣4	♣5	♣6	♣7	♣8	♣9	♣10	♣J	♣Q	♣K
◇A	◇2	◇3	◇4	◇5	◇6	◇7	◇8	◇9	◇10	◇J	◇Q	◇K

排除王牌后，一副扑克牌一共有 52 张牌

我：“没错。不过使用全部 52 张有点太多了，我们仅用其中的 12 张花牌吧。”

♠J	♠Q	♠K
♡J	♡Q	♡K
♣J	♣Q	♣K
◇J	◇Q	◇K

12 张花牌

由梨：“要用这个做什么？”

我：“将这 12 张花牌充分洗牌，然后从中抽出 1 张牌。”

由梨：“不看牌面吗？”

我：“不看牌面抽牌。这样抽出♠J 的概率是？”

2.2　抽出黑桃 J 的概率

> **问题 2-1（抽出♠J 的概率）**
>
> 将 12 张花牌充分洗牌，然后从中抽出 1 张牌，抽出♠J 的概率是？

由梨：“$\frac{1}{12}$。”

我：“真快！”

由梨：“不就是从 12 张中抽出 1 张吗？概率就是 $\frac{1}{12}$ 啊！”

我：“是的。抽出的牌共有 12 种情况，每张牌出现的可能性相同，而♠J 是其中之一，所以概率会是 $\frac{1}{12}$。正如同概率的定义。”

$$\text{抽出♠J的概率} = \frac{\text{抽出♠J的情况数}}{\text{所有的情况数}} = \frac{1}{12}$$

由梨：“一点都不难。”

我：“这个 $\frac{1}{12}$ 的分母和分子，也可用扑克牌的图案表示哦。全部 12 张牌中，♠J 仅有 1 张。”

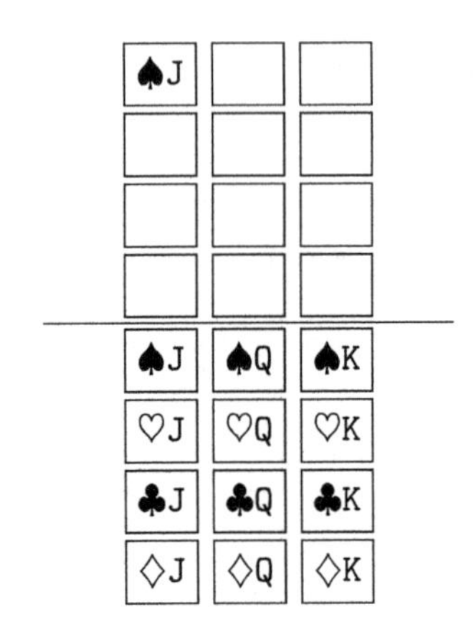

由梨：“啊！原来如此。”

我：“即便不写成分数的形式，光是这样也能够掌握整体情况。”

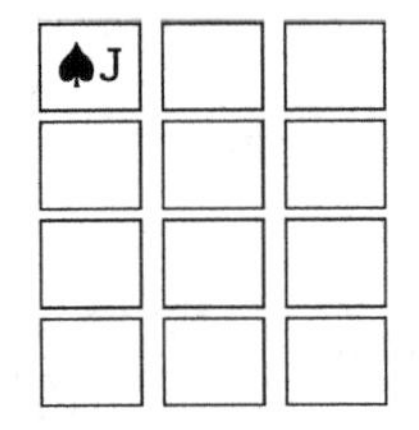

由梨：“简单，简单。”

解答 2-1（抽出♠J 的概率）

将 12 张花牌充分洗牌，然后从中抽出 1 张牌，抽出♠J 的概率是 $\frac{1}{12}$。

2.3　抽出黑桃的概率

我："那么，从 12 张花牌中抽出 1 张牌，牌面为 J、Q、K 都可以，抽出♠的概率是？"

> **问题 2-2（抽出♠的概率）**
>
> 将 12 张花牌充分洗牌，然后从中抽出 1 张牌，抽出♠的概率是？

由梨："嗯……$\frac{1}{4}$吧？"

我："没错。因为全部 12 张牌中有 3 张♠，所以抽出♠的概率是 $\frac{3}{12}=\frac{1}{4}$。"

$$
\begin{aligned}
\text{抽出♠的概率} &= \frac{\text{抽出♠的情况数}}{\text{所有的情况数}} \\
&= \frac{3}{12} \\
&= \frac{1}{4}
\end{aligned}
$$

由梨："跟问题 2-1 类似。$\frac{3}{12}$是这样的情况吧？"

我：“没错。”

> **解答 2-2（抽出♠的概率）**
>
> 将 12 张花牌充分洗牌，然后从中抽出 1 张牌，抽出♠的概率是$\frac{1}{4}$。

由梨：“概率的计算只要统计情况数就行了嘛。”

我：“是的，不过也有不同的思考方式。除了使用情况数来求概率，也可以使用概率来求概率。”

由梨：“使用概率来求概率？我不懂哥哥在说什么。”

2.4 抽出 J 的概率

我：“我们来讨论这个问题吧。”

问题 2-3（抽出 J 的概率）

将 12 张花牌充分洗牌，然后从中抽出 1 张牌，抽出 J 的概率是？

由梨：“不可以直接数吗？”

我：“可以直接数哦。数学问题不会限制解题的方式。”

由梨：“因为 J 有 4 张，所以概率是 $\frac{4}{12}=\frac{1}{3}$。”

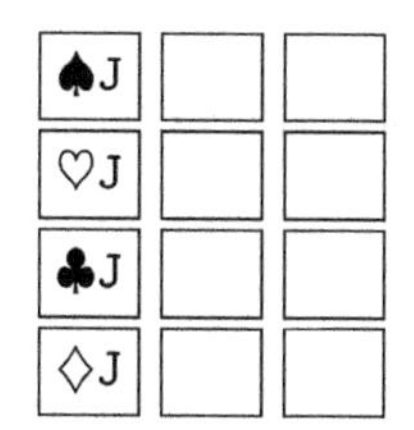

我：“是的，正确！”

解答 2-3（抽出 J 的概率）

将 12 张花牌充分洗牌，然后从中抽出 1 张牌，抽出 J 的概率是 $\frac{1}{3}$。

由梨：“前面的问题都差不多吧？概率都是这样计算的。”

$$\frac{\text{关注的情况数}}{\text{所有的情况数}}$$

我："没错。这是概率的定义，没有什么不可思议的地方。下面来做点有趣的计算吧。"

由梨："有趣的计算？"

我："我们前面共求了 3 个概率，从 12 张花牌中抽出 1 张的不同情况的概率。"

$$\text{抽出}♠\text{J 的概率} = \frac{1}{12}$$

$$\text{抽出}♠\text{的概率} = \frac{1}{4}$$

$$\text{抽出 J 的概率} = \frac{1}{3}$$

由梨："对啊！"

我："仔细观察会发现它们刚好就是乘法运算的关系。"

$$\begin{array}{ccccc} \text{抽出}♠\text{J 的概率} & = & \text{抽出}♠\text{的概率} & \times & \text{抽出 J 的概率} \\ \updownarrow & & \updownarrow & & \updownarrow \\ \frac{1}{12} & = & \frac{1}{4} & \times & \frac{1}{3} \end{array}$$

由梨："诶——真巧！"

我："……"

由梨："……不是巧合吗？"

我："不是巧合哦，稍微想一下就能够明白。"

由梨："我不明白。"

我："试着想想看。"

由梨："就算要我想……"

我："例如，为什么抽出♠的概率是 $\frac{1}{4}$？"

由梨："因为 12 张牌中有 3 张♠，所以概率是 $\frac{3}{12}=\frac{1}{4}$。"

我："也可以说因为♠♡♣♢四种花色中♠仅有 1 种，所以概率是 $\frac{1}{4}$。"

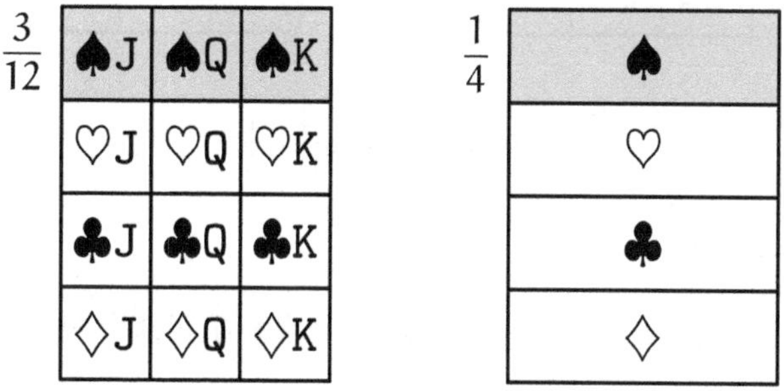

$\frac{3}{12}$

♠J	♠Q	♠K
♡J	♡Q	♡K
♣J	♣Q	♣K
♢J	♢Q	♢K

$\frac{1}{4}$

♠
♡
♣
♢

抽出♠的概率是 $\frac{3}{12}=\frac{1}{4}$

由梨："是啊，因为♠♡♣♢出现的可能性相同嘛。"

我："抽出 J 的概率也可用同样的方式讨论。J、Q、K 3 种牌面中 J 仅有 1 种，所以概率是 $\frac{1}{3}$。"

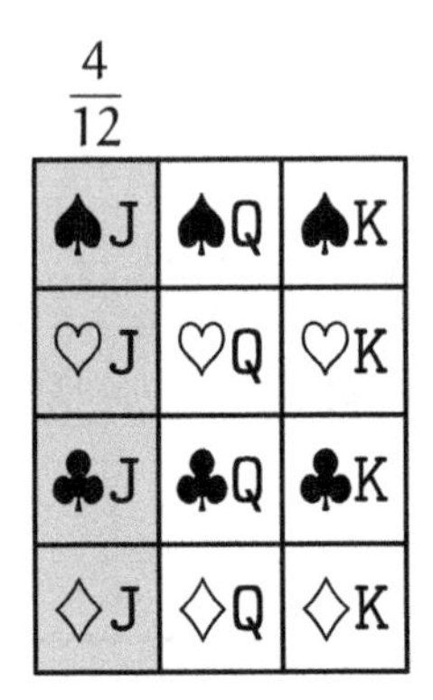

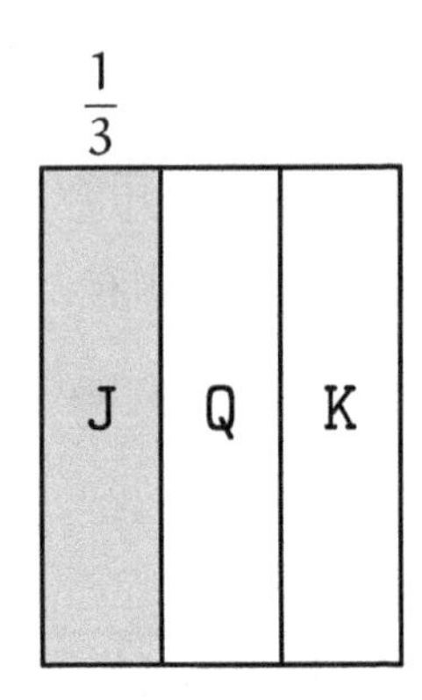

抽出 J 的概率是 $\frac{4}{12}=\frac{1}{3}$

由梨："……"

我："因此，由下图可知，将这两个概率相乘可求得抽出♠J 的概率并非巧合。"

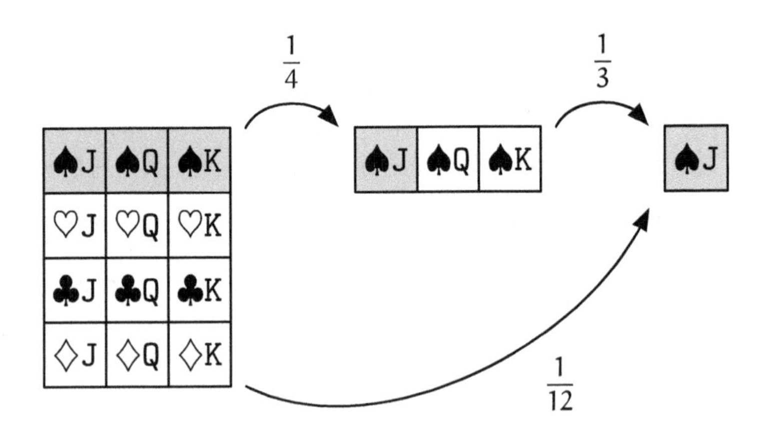

抽出♠J 的概率 $\frac{1}{12}=\frac{1}{4}\times\frac{1}{3}$

由梨：“全体的 $\frac{1}{4}$ 再取其中的 $\frac{1}{3}$，所以是 $\frac{1}{12}$？”

我：“没错。”

由梨：“这是分数的运算啊！”

我：“是的。♠是全体的 $\frac{1}{4}$，而 J 是其中的 $\frac{1}{3}$，所以抽出♠J 的概率会是 $\frac{1}{12}$——就是这样。”

由梨：“我好像理解哥哥的意思了。”

2.5　长度与面积

我：“然后，进一步将抽出♠的概率想成纵向长度，将抽出 J 的概率想成横向长度，则抽出♠J 的概率可想成面积。”

由梨：“将概率想成长度？面积？”

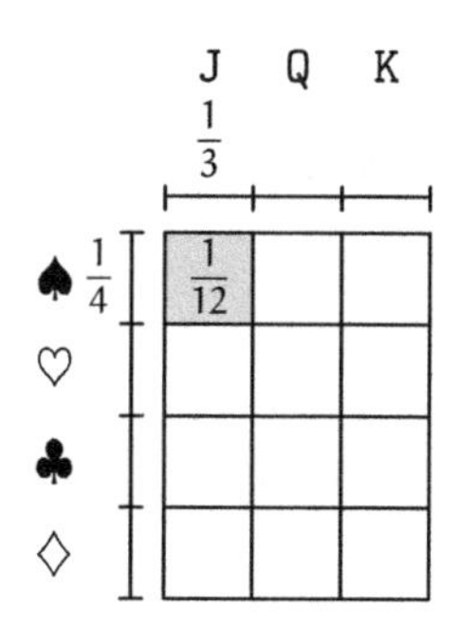

抽出♠的概率 $\frac{1}{4}$ × 抽出 J 的概率 $\frac{1}{3}$ = 抽出♠J 的概率 $\frac{1}{12}$

我："抽出♠的概率可视为整个纵向长度 1 中的 $\frac{1}{4}$；抽出 J 的概率可视为整个横向长度 1 中的 $\frac{1}{3}$；抽出♠J 的概率可视为整个长方形面积 1 中的——"

由梨："因为纵向长度为 $\frac{1}{4}$，横向长度为 $\frac{1}{3}$，所以面积是 $\frac{1}{12}$。"

我："然后，该面积 $\frac{1}{12}$ 正好对应抽出♠J 的概率。"

由梨："真有意思！"

我："因此，概率是讨论'在整体中占多少比例'。"

由梨："嗯哼！"

我："情况数本身也可用乘法来计算哦。"

由梨："咦？"

我："先用乘法求得情况数再计算概率，过程会像这样。"

甲　全部 12 张花牌的张数等于♠♡♣♢的 4 种乘上 JQK 的 3 种；

乙　♠J 这 1 张牌的张数等于♠的 1 种乘上 J 的 1 种；

丙　抽出♠J 的概率是

$$\frac{乙}{甲}=\frac{1\times1}{4\times3}=\frac{1}{12}$$

由梨："没错……"

我："先求概率再将概率相乘，过程会像这样。"

甲　抽出♠的概率是♠♡♣♢的情况数分之♠的情况数，所以是 $\frac{1}{4}$；

乙 抽出 J 的概率是 JQK 的情况数分之 J 的情况数，所以是$\frac{1}{3}$；

丙 抽出♠J 的概率是

$$甲\times乙=\frac{1}{4}\times\frac{1}{3}=\frac{1}{12}$$

由梨：“嗯……意思是这样吗?”

♠J 的张数　♠的概率　J 的概率

$$\frac{1\times1}{4\times3}=\frac{1}{4}\times\frac{1}{3}$$

所有的张数

我：“没错。”

由梨：“明白了！但这不是理所当然吗?”

我：“就是从这里会衍生出有趣的问题。”

由梨：“哦?”

2.6 给予提示的概率

问题 2-4（给予提示的概率）

从 12 张花牌中抽出 1 张牌后，艾丽斯说："抽出了黑色的牌。"此时，牌面为♠J 的概率是？

由梨："艾丽斯是谁？"

我："抽牌的人，身份是谁都可以。艾丽斯抽出牌并看了牌面，给出'抽出了黑色的牌'的提示，但不知道花色和大小。则这张牌为♠J 的概率是？"

由梨："$\frac{1}{12}$吧？"

我："秒答诶。"

由梨："抽出♠J 的概率在问题 2-1 中计算过了啊，从 12 张中抽出 1 张，所以概率是$\frac{1}{12}$。"

我："艾丽斯给出的提示呢？"

由梨："跟提示没有关系吧。不是已经抽完牌了吗？就算听了提示，概率也不会改变。"

我："然而，事实并非如此。概率会改变哦。"

由梨："啥？"

我："只要套用概率的定义就能够明白。我们来讨论问题 2-4 中

‘所有的情况’和‘关注的情况’，所有的情况有 6 种，关注的情况有 1 种。这可由扑克牌的分数形式来帮助理解。”

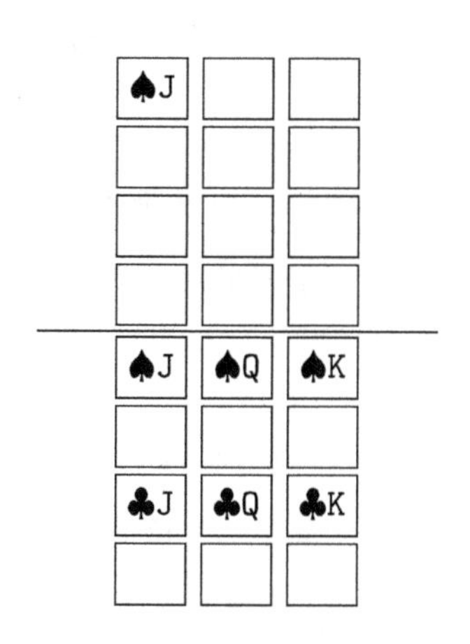

由梨：“怎么回事？”

我：“我们不知道艾丽斯抽出了什么牌，但得到了牌为黑色的提示。因为黑色牌仅有♠和♣，所以所有的情况数不是 12，而是 6。”

由梨：“啊，要这样思考啊？”

我：“嗯，是的。”

由梨：“‘所有的情况’改变了。”

我：“毕竟在讨论可能发生的‘所有的情况’时，不会包含♡Q 等这种牌面嘛。”

由梨：“若知道牌面是黑色的，就不会有抽出♡的情况。”

我：“没错。虽然黑色这个提示不会改变已经抽出的牌，但会改变被讨论的概率。以这个问题为例，黑色这个提示改变了‘所有的情况数’。”

由梨：“原来如此……在艾丽斯抽出牌之前，抽出♠J 的概率是 $\frac{1}{12}$ 吗？”

我：“是的。因为 12 张花牌都有可能被抽出。不过，艾丽斯抽完牌后，对听到‘黑色’提示的人来说，牌面为♠J 的概率变成了 $\frac{1}{6}$。”

由梨：“对已经看了牌面的艾丽斯而言呢？”

我：“艾丽斯抽出牌并看了牌面，若该牌是♠J，对艾丽斯来说牌面为♠J 的概率为 1；若该牌不是♠J，对艾丽斯来说牌面为♠J 的概率为 0。”

由梨：“对哦，还可以这样想啊。”

我：“艾丽斯抽完牌后，牌本身不会变化，但可能发生的情况会不同，‘所有的情况’改变了。若没有注意‘以什么为整体’，就会搞错结果。毕竟，概率是在讨论‘在整体中占多少比例’。”

由梨：“嗯哼嗯哼！”

解答 2-4（给予提示的概率）

从 12 张花牌中抽出 1 张牌后，艾丽斯说：“抽出了黑色的牌。”此时，牌面为♠J 的概率是 $\frac{1}{6}$。

2.7　使用乘法运算

我：“如你所说，统计情况数就能够知道概率。不过，重要的是，同时考虑‘所有的情况数’和‘关注的情况数’。”

由梨：“概率就是

$$\frac{\text{关注的情况数}}{\text{所有的情况数}}$$

嘛，所以这很理所当然啊。”

我：“没错。按照定义来说，的确很理所当然。但是，若没有特别意识到这一点，就不会直接从定义去思考。”

由梨：“的确……”

我：“啊，对了。根据给予提示的情况，也能够用乘法进行计算。问题 2-4 可这样计算。”

抽出♠J 的概率 = 抽出黑色牌的概率 × 从黑色牌中抽出♠J 的概率

$$\begin{array}{ccccc} \updownarrow & & \updownarrow & & \updownarrow \\ \dfrac{1}{12} & = & \dfrac{1}{2} & \times & \dfrac{1}{6} \end{array}$$

由梨：“嗯哼！”

我：“这也可以说是分两阶段讨论。”

由梨：“两阶段……啊！意思是从所有花牌中抽出♠J，相当于从所有花牌抽出黑色牌，再从黑色牌中抽出♠J？

原来如此！”

由梨的眼睛闪亮起来，但马上就变得一脸理不清头绪的模样。

我：“怎么了？”

由梨：“嗯……哥哥。我明白哥哥的意思，但为什么一定要用乘法讨论呢？只要统计所有情况，不就能知道抽出♠J的概率吗？这样的话，直接统计就好了啊！一共有12种情况，发生了其中的1种。明明可以直接统计，为何还要刻意用乘法求概率呢？”

我：“这是因为有时用乘法讨论比较方便。”

由梨：“诶……”

2.8 取出黑色和红色弹珠的概率

我：“我们来讨论像这样的问题。”

问题2-5（取出黑色和红色弹珠的概率）

已知A和B两个箱子装有许多弹珠，所有弹珠的重量相同，有黑色、白色、红色和蓝色四种颜色。

- A箱装有合计4kg的弹珠：
    - 黑色弹珠1kg
    - 白色弹珠3kg

- B 箱装有合计 3kg 的弹珠：
    - 红色弹珠 1kg
    - 蓝色弹珠 2kg

充分打散两箱中的弹珠，分别从 A 箱和 B 箱取出 1 颗弹珠。此时，分别取出黑色和红色弹珠的概率是？

由梨：“已知的信息只有重量吗？”

我：“是的，我们可以像这样将信息整理成表格。

	黑	白	红	蓝	合计
A 箱	1 kg	3 kg	0 kg	0 kg	4 kg
B 箱	0 kg	0 kg	1 kg	2 kg	3 kg

虽然知道重量，但不知道装入了多少颗弹珠。那么，分别取出黑色和红色弹珠的概率是？”

由梨：“从 A 箱取出黑色弹珠的概率是 $\frac{1}{4}$ 吗？”

我：“没错，为什么这么认为呢？”

由梨：“因为全部弹珠的重量为 4kg，黑色的有 1kg……虽然不知道颗数，但比例是 $\frac{1}{4}$ 嘛。”

我：“没错。若 A 箱装有 m 颗黑色弹珠，则 A 箱一共应该装有 $4m$ 颗弹珠。从中取出 1 颗时，取出黑色弹珠的概率会是

$$\frac{m}{4m}=\frac{1}{4}$$

虽然概率被定义成情况数的比例，但在问题 2-5 中能够以重量的比例决定概率。”

由梨：“对吧。”

我：“同样，若是 B 箱装有 m' 颗红色弹珠，则 B 箱一共应该装有 $3m'$ 颗弹珠。从中取出 1 颗时，取出红色弹珠的概率会是

$$\frac{m'}{3m'}=\frac{1}{3}$$

只要分别计算从 A 箱取出黑色弹珠、从 B 箱取出红色弹珠的概率，就能够用乘法计算分别取出黑色和红色弹珠的概率。”

由梨：“哦——”

我：“如同使用乘法求 J 的概率一样，可以画出图形帮助理解。”

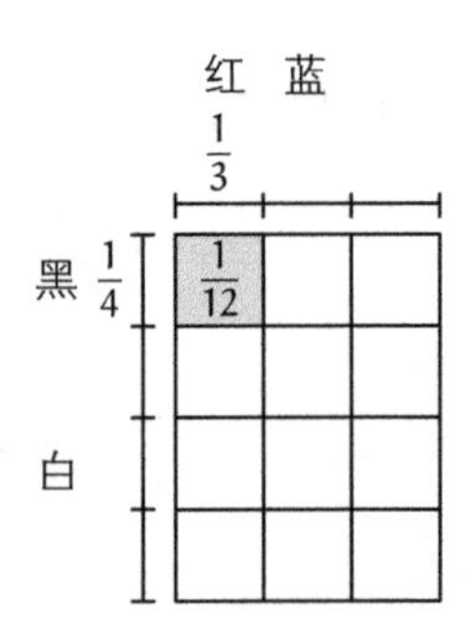

取出黑色弹珠的概率 $\frac{1}{4}$ × 取出红色弹珠的概率 $\frac{1}{3}$ =

分别取出黑色和红色弹珠的概率 $\frac{1}{12}$

由梨：“……”

我：“使用长度的比例表示概率：

- 黑色的长度是纵向长度的 $\frac{1}{4}$，相当于从 A 箱取出黑色弹珠的概率；
- 红色的长度是横向长度的 $\frac{1}{3}$，相当于从 B 箱取出红色弹珠的概率。

然后，使用面积的比例表示分别取出黑色和红色弹珠的概率 $\frac{1}{12}$，黑色和红色形成的面积是整体面积的 $\frac{1}{12}$。”

解答 2-5（抽出黑色和红色弹珠的概率）

从 A 箱取出黑色弹珠的概率是 $\frac{1}{4}$，从 B 箱取出红色弹珠的概率是 $\frac{1}{3}$，所以分别取出黑色和红色弹珠的概率是

$$\frac{1}{4}\times\frac{1}{3}=\frac{1}{12}$$

由梨：“‘取出黑色和红色弹珠’跟‘取出♠J’是类似的情况嘛。”

我：“没错，就是这么回事。从概率的观点来看，两者是类似的情况。”

由梨：“我了解概率的乘法了！当出现两个概率时，将它们相乘就对了！”

我：“不，不能够想得这样单纯。‘取出黑色和红色弹珠’‘取出

♠J’的计算，都是在讨论比例。毕竟，概率是讨论‘在整体中占多少比例’。”

由梨：“因为是计算比例，所以将两个概率相乘就好了啊。”

我：“即便出现两个概率，也要仔细思考其数值的意义，不能单纯地直接相乘哦。”

由梨：“相乘行不通的时候，讨论情况数不就好了？”

我：“有时不知道具体的情况数，就会以概率表示，比如根据过去的统计、经验大致推测某件事发生的百分率，这种数值又被称为统计概率、经验概率。”

由梨：“不是很明白。”

我：“常见的例子有机械故障的问题。”

2.9 机械故障

问题 2-6（机械故障）

某台机器使用了两个易损零件 A 和 B，已知每个零件发生故障的概率：

- A 的年故障率为 20%；
- B 的年故障率为 10%。

那么是否可以说“A 和 B 一年内皆发生故障的概率为 2%”？

由梨：“可以——但也不可以！”

我：“到底可不可以？”

由梨：“20% 的 10% 是 2%，但哥哥刚刚说不可以用乘法计算……”

我：“别打马虎眼啦。由梨是将 20% 和 10% 相乘了嘛。”

由梨：“嗯，20% 乘 10% 就是 2% 嘛。没有算错吧？”

$$
\begin{array}{ccccc}
20\% & \times & 10\% & = & 2\% \\
\updownarrow & & \updownarrow & & \updownarrow \\
0.2 & \times & 0.1 & = & 0.02
\end{array}
$$

我：“嗯，计算上没有错。”

由梨：“那么，可以说是 2% 吗？”

我：“不能说是 2%。”

> **解答 2-6（机械故障）**
>
> 不能说 A 和 B 一年内皆发生故障的概率为 2%。

由梨：“如果不是 2%，那是几？”

我：“也不能说不是 2%。”

由梨：“到底可不可以啊？！”

我：“若仅根据问题 2-6 的题意，概率不能说是 2%，但也不能说不是 2%，是多少我们并不知道。”

由梨：“什么跟什么啊！取出黑色和红色弹珠的时候，不就是将两个概率相乘吗？这次不能也这样计算吗？”

我：“取出弹珠和机械故障是不同的情况。”

由梨：“什么意思？”

我：“在取出弹珠的问题中，这两个事件相互独立：

- 从 A 箱取出黑色弹珠；
- 从 B 箱取出红色弹珠。”

由梨：“独立？”

我：“从 A 箱取出黑色弹珠，不会影响从 B 箱取出红色弹珠的概率。”

由梨：“嗯？”

我：“A 箱和 B 箱是不同的箱子，即便没有从 A 箱取出黑色弹珠，从 B 箱取出红色弹珠的概率仍是 $\frac{1}{3}$。”

由梨：“这不是理所当然吗？”

我：“然而机械故障呢？ A 发生故障后，有可能让 B 变得更容易发生故障。”

由梨：“A 零件的螺丝如果松动，B 零件的螺丝也可能跟着松动之类的情况吗？”

我：“没错！就像是你举的例子。”

由梨：“嗯……但这算是陷阱题吧！如果不知道 A 发生故障和 B 发生故障是什么情况的话，就无法计算嘛。”

我：“是的，若加上 A 发生故障和 B 发生故障互相独立的条件，两者皆发生故障的概率就可以说是 2%。不过，若没有这项条件，就无法断言。”

由梨：“没办法直接得到答案，真没意思。”

我：“但是，有趣的地方就在这里。”

由梨：“咦？”

我：“若 A 和 B 发生故障互相独立，则两者皆发生故障的概率应该是 2%。”

由梨：“将两个概率相乘得到的概率。”

我：“是的。然后，如果——我是说如果，调查发现 A 和 B 一起发生故障的概率大于 2%——”

由梨：“不是 2%，而是 50% 之类的吗？”

我：“这不可能哦。毕竟，A 发生故障的概率是 20%、B 发生故障的概率是 10%，A 和 B 皆发生故障的概率应该小于这两个值。”

由梨：“对哦。那么，4% 如何？”

我：“嗯，就假设为 4% 吧。如此一来，会变成

A 发生故障的概率 ×B 发生故障的概率 < A 和 B 皆发生故障的概率

$$\begin{array}{ccccc} \updownarrow & & \updownarrow & & \updownarrow \\ 20\% & \times & 10\% & < & 4\% \end{array}$$

根据这项结果，可以说两者的故障存在某种关系。”

由梨：“啊？我要质疑！光是将概率相乘，然后进行比较，就能够知道 A 发生故障会造成 B 发生故障吗？”

我：“不，没有办法知道。存在某种关系的意思是，A 发生故障时，B 也很有可能发生故障。并不知道为何会这样，也无法得知是否有因果关系。”

由梨：“因果关系？”

2.10 无法得知因果关系

我：“所谓的因果关系，是指原因和结果的关系。A 发生故障的原因引发 B 发生故障的结果——这种关系。刚才所说的并非因果关系。”

由梨：“啊，这样啊。但是，如果 A 和 B 两者皆容易发生故障，那么有可能是因为 A 发生故障造成 B 发生故障嘛。”

我：“或许是如此，但也有可能是相反的情况：B 发生故障造成 A 发生故障。光从两者皆容易发生故障，无法判断谁是因谁是果。”

由梨：“啊，的确。”

我：“然后，也有可能是完全不同的原因 C，造成 A 和 B 两者皆发生故障。比方说，因为 C 松动，引发 A 和 B 两者皆发生故障。”

由梨："这样啊，确实无法得知因果关系。我明白了。"

2.11　故障概率的计算

我："我们刚才假设，A 和 B 两者皆发生故障的概率是 4%。那此时能够计算 A 和 B 两者皆不发生故障的概率吗？"

由梨："若两者皆发生故障的概率是 4%，两者皆不发生故障的概率是 96% 嘛——啊，不对，刚才的不算！还有其中一个发生故障的情况！"

我："例如这样的问题。"

问题 2-7（发生故障的概率）

某机械使用了容易损坏的两个零件 A 和 B，已知二者发生故障的概率分别为：

- A 的年故障率为 20%；
- B 的年故障率为 10%；
- A 和 B 一年内皆发生故障的概率为 4%。

此时，A 和 B 一年内皆不发生故障的概率是？

由梨："只有这些，能够计算两者皆不发生故障的概率吗？"

我：“可以。概率是讨论‘在整体中占多少比例’，所以只要整理整体中的所有情况就能够计算。为此，我们将 A 和 B 的故障状况整理成表格讨论吧。”

	B	$\overline{B}$	合计
A			
$\overline{A}$			
合计			100%

由梨：“A 上面加一杠的 $\overline{A}$ 是什么？”

我：“A 表示 A 发生故障的情况，$\overline{A}$ 表示 A 不发生故障的情况，这是约定俗成的习惯。使用这个表格整理有关 A 故障和 B 故障的情况吧。”

由梨：“已知的有 20%、10% 和 4%。”

我：“嗯，是的。题目给出的有：

- A 发生故障的概率为 20%；
- B 发生故障的概率为 10%；
- A 和 B 皆发生故障的概率为 4%。

将它们分别填入表格吧。首先，A 发生故障的概率 20% 是——”

由梨：“填在这里？”

A 发生故障的概率为 20%

	B	$\overline{B}$	合计
A			20%
$\overline{A}$			
合计			100%

我："不错！那么，你知道 B 发生故障概率填在哪里吗？"

由梨："填在这里，10%。"

B 发生故障的概率为 10%

	B	$\overline{B}$	合计
A			20%
$\overline{A}$			
合计	10%		100%

我："那么，A 和 B 皆发生故障的概率填在哪里呢？"

由梨："左上角……"

A 和 B 皆发生故障的概率为 4%

	B	$\overline{B}$	合计
A	4%		20%
$\overline{A}$			
合计	10%		100%

我："没错。这样已知的信息都填进表格了。"

由梨："剩下的也填一填嘛！只要做减法运算就行了。A 不发生故障的概率是 100%−20%=80% 嘛。"

A 不发生故障的概率为 80%

	B	$\overline{B}$	合计
A	4%		20%
$\overline{A}$			80%
合计	10%		100%

我："B 不发生故障的概率是——"

由梨："相减就行了，100%−10%=90%。"

B 不发生故障的概率为 90%

	B	$\overline{B}$	合计
A	4%		20%
$\overline{A}$			80%
合计	10%	90%	100%

我："剩下的也没问题吧？"

由梨："嗯！纵向和横向全部都能够做减法。"

填完所有单元格

	B	$\overline{B}$	合计
A	4%	16%	20%
$\overline{A}$	6%	74%	80%
合计	10%	90%	100%

我:“不错!”

由梨:“所以，A 和 B 皆不发生故障的概率是 74%。”

解答 2-7（发生故障的概率）

根据题目给出的概率作出下面的表格，可知 A 和 B 一年内皆不发生故障的概率是 74%。

	B	$\overline{B}$	合计
A	4%	16%	20%
$\overline{A}$	6%	74%	80%
合计	10%	90%	100%

我:“完成了。”

由梨:“我明白了!”

我:“嗯?”

由梨:“我明白要将概率整理成表格讨论的理由了。简单说就是，因为整理成表格比较容易看出它是‘以什么为整体’。”

我:“没错。”

由梨:“我 100% 理解了!”

我:“由梨……你说的 100%，是以什么为整体?”

“若决定不了以什么为整体，那也决定不了以什么为一半。”

第 2 章的问题

●问题 2-1（12 张扑克牌）

将 12 张花牌充分洗牌，从中抽出 1 张牌，分别求出①～⑤的概率。

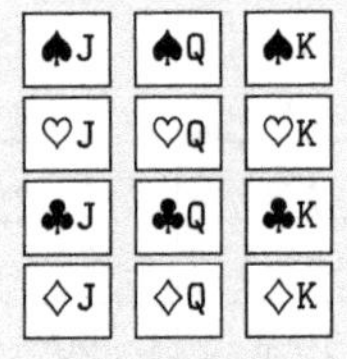

12 张花牌

① 抽出♡Q 的概率。

② 抽出 J 或 Q 的概率。

③ 不抽出♠的概率。

④ 抽出♠或 K 的概率。

⑤ 抽出♡以外的 Q 的概率。

（解答在第 266 页）

●问题 2-2（掷 2 枚硬币，第 1 枚掷出正面）

依次掷 2 枚硬币，已知第 1 枚掷出正面，试求 2 枚皆为正面的概率。

（解答在第 268 页）

●问题 2-3（掷 2 枚硬币，至少 1 枚掷出正面）

依次掷 2 枚公平的硬币，已知至少 1 枚掷出正面，试求 2 枚皆为正面的概率。

（解答在第 269 页）

●问题 2-4（抽出 2 张扑克牌）

从 12 张花牌中抽出 2 张牌，试求 2 张皆为 Q 的概率。

① 从 12 张中抽出第 1 张，再从剩下的 11 张中抽出第 2 张的情况。

② 从 12 张中抽出第 1 张，放回洗牌后再从 12 张中抽出第 2 张的情况。

（解答在第 271 页）

第 3 章

条件概率

"若未决定以什么为整体，更不用说要讨论一半的情况。"

3.1 不擅长概率

我："……我们像这样聊了有关概率的话题。"

蒂蒂："概率是讨论'以什么为整体'——我之前都没有这么想过。"

蒂蒂一脸认真地说道。

我和学妹蒂蒂待在高中的图书室，闲聊着之前跟由梨讲解的有关概率的话题。

我："概率是看'整体中占多少比例'嘛。"

蒂蒂："嗯……我不太擅长概率。"

我："因为计算有些复杂的关系吗？"

蒂蒂："这个嘛……计算上没有什么问题。不过，即便是开玩笑，我也没办法像由梨一样说出'100% 理解'。"

我："不过，不习惯的话，的确会觉得困难。"

蒂蒂：“我知道掷硬币时，掷出正面的概率是 $\frac{1}{2}$。我也知道掷骰子时，掷出⚂的概率是 $\frac{1}{6}$。遇到解不开的问题时，阅读详解能够感受到原来如此。”

我：“嗯，不过？”

蒂蒂：“不过，经过一段时间后，‘原来如此先生’就会消失……留下我一个人。”

我：“‘原来如此先生’……会将‘原来如此’拟人化的人，大概就只有蒂蒂吧。”

我们笑了一阵子。

然后蒂蒂又收敛起表情。

蒂蒂：“但是，关于概率，我真的有很多想不通的地方。”

我：“例如什么地方？”

蒂蒂翻开又合上手边的笔记本，思索了一会儿。

蒂蒂：“嗯……非常基本的地方也没关系吗？”

我：“当然没关系。”

蒂蒂：“有关概率的说明，经常以‘相同的可能性’来解释。我总是想不通‘可能性’这个词汇。”

3.2 相同的可能性

我：“啊，原来如此。我好像理解你的意思。”

蒂蒂：“每当阅读书籍碰到‘可能性’这个词汇，我就会有绊到石头的感觉。”

蒂蒂张开双手来保持平衡，并做出差点绊倒的姿势。

我：“这么说来，向由梨说明概率的时候，我没有使用到‘可能性’这个词汇。”

蒂蒂：“是的。刚才学长聊到的是‘容易发生’，‘容易发生’比‘可能性’更好理解。容易发生、容易产生、容易出现……若是这样的描述，我就能够想得通。”

我：“‘可能性’或许是为了配合‘概率’这个用语，涵盖‘有可能发生的事的概率’的意思。”

蒂蒂：“或许有可能吧……但是，只要听到‘相同的可能性’就很难冷静。”

我：“我向由梨解释的时候，用的是‘同样容易发生’的说法。两者是相同的意思。”

蒂蒂：“……”

我：“蒂蒂？”

虽然蒂蒂平时显得毛毛躁躁的，但在思考的时候总是很认真，经常抛出不容易注意到的“根本问题”。

3.3 概率与情况数

蒂蒂：“啊，对……对不起，我突然觉得……这有点像是‘情况数’。”

我：“什么有点像是情况数？”

蒂蒂：“前面提到‘原来如此先生’会消失。关于概率我感到困难的地方，和关于情况数感到困难的地方有点类似。计算本身复杂但并不困难，可是即便求得问题的答案，也不太会有‘了解的感觉’。阅读详解时会感觉到‘原来如此’，但不久后就又会想不通……”

我：“嗯，嗯。”

蒂蒂：“哎呀……刚刚才成为朋友的‘原来如此先生’，不知道跑去哪里了？真令人困扰。”

我：“毕竟概率和情况数类似，概率许多时候会回归到情况数。”

蒂蒂：“回归？怎么说？”

我：“假设所有情况同样容易发生，概率会被定义成

$$\frac{\text{现在关注的情况数}}{\text{所有的情况数}}$$

所以，‘计算概率’到头来都会回归到‘计算情况数’。”

蒂蒂：“原来如此……然后，概率会用到平时不太常用的词汇，或许这也是我没有‘了解的感觉’的原因吧。感觉不是很能明

白它们的意思。”

我：“不常用的词汇，是指试验、事件、概率分布之类的吗？”

蒂蒂：“对，对，我特别不擅长条件概率……”

我：“原来如此。那么，我们从最基本的地方开始复习吧。”

蒂蒂：“好的，麻烦学长了！如果可以的话，请尽可能具体一点……”

3.4 试验与事件

我：“我们以掷骰子 1 次为例，来整理概率中会出现的词汇吧。”

蒂蒂：“好的。”

我：“首先，掷骰子本身受到偶然性的支配。形容成受到偶然性的支配，或许有些夸张，但骰子需要实际投掷才能够知道结果，且每次的结果可能有所不同。”

蒂蒂：“说的也是，也有可能掷出相同的结果。”

我：“是的。因此，我们必须反复操作。我们讨论概率的时候，会受到偶然性的支配，即便实际上考虑的是 1 次操作，也得反复操作才能了解它的概率。”

蒂蒂：“我明白了。”

我：“试验是指如同掷骰子 1 次，受到偶然性的支配，需要反复操作的行为。”

蒂蒂："嗯，试验的英文是 trial。"

我："哦！不愧是蒂蒂，竟然记得它的英文。真厉害。"

蒂蒂："没有啦……在学习概率的时候，碰到困难的词汇，就查了一下对应的英文。"

我："嗯，试验就是 trial。然后，事件是指进行试验时发生的情况。"

蒂蒂："事件的英文是 event。换成英文后，就感觉变简单了。"

我："是啊，trial 和 event 都感觉不难。"

蒂蒂："概率的英文是 probability，虽然单词挺长的，但想成 probable ——可能的——这个单词的名词，就能够明白了。"

我："原来如此。那么，我们现在来进行'掷骰子 1 次的试验'，其结果必定会是

1，2，3，4，5，6

这 6 种情况之一。"

蒂蒂："嗯，是的。"

我："所以，只要组合这 6 种情况，就能够表达'掷骰子 1 次的试验'可能发生的事件。"

蒂蒂："嗯……具体来说是？"

我："例如，'掷出3的事件'可表示成 {3}。"

“掷出⚂的事件” = { ⚂ }

蒂蒂：“好的。”

我：“然后，‘掷出偶数点的事件’可表示成 { ⚁、⚃、⚅ }。‘

掷出偶数点的事件’ = { ⚁、⚃、⚅ }

掷骰子 1 次时只要出现⚁、⚃或者⚅，就可说发生‘掷出偶数点的事件’。”

蒂蒂：“啊，原来如此。这个也是事件啊……这样的话，‘掷出奇数点的事件，是 { ⚀、⚂、⚄ } 吗？’”

掷出奇数点的事件” = { ⚀、⚂、⚄ }

我：“是的，其他还有‘掷出 3 的倍数的事件’‘掷出 4 以上点数的事件’‘掷出点数小于 3 的事件’……”

“掷出 3 的倍数的事件” = { ⚂、⚅ }
“掷出 4 以上点数的事件” = { ⚃、⚄、⚅ }
“掷出点数小于 3 的事件” = { ⚀、⚁ }
…

蒂蒂：“我明白了。后面还有很多种事件。”

我：“是的，虽然还有很多种事件，但只要组合从⚀到⚅的这 6 种元素，就能够表示‘掷骰子 1 次的试验’可能发生的事件。”

蒂蒂：“理所当然啊。掷骰子后，只会出现1到6其中一种情况。”

我：“是的。如同 {1、2、3、4、5、6} 的包含所有元素的事件，被称为必然事件。”

“必然事件” = {1、2、3、4、5、6}

蒂蒂：“原来如此。”

我：“然后，像是 {3} 和 {5}，这种由单一元素组成、无法再进行分割的事件，被称为基本事件或者简单事件。‘掷骰子 1 次的试验’的基本事件，有下述 6 种情况。”

{1}，{2}，{3}，{4}，{5}，{6}

“掷骰子 1 次的试验”的基本事件有 6 种

蒂蒂：“原来如此，我了解了。话说回来，学长，在表示事件的时候，会用大括号将发生的情况的元素框起来嘛。我记得……这是集合吧？”

我：“是的。是把在‘掷骰子 1 次的试验’中发生的事件，表示成具有1到6中的几个元素的集合哦。在具体排列元素表示集合的时候，一般约定俗成会使用大括号框起来。”

蒂蒂：“请等一下。这让我越来越混乱了。例如，

{⚂}

是集合还是事件？”

我：“都是哦。说成‘包含单一元素⚂的集合’或者‘掷出⚂的事件’都正确。”

蒂蒂：“两边都正确啊！还有都正确这种情况？”

我：“有的。例如，假设你考试拿到 100 分，这个 100 可以说是整数，也能说是考试的分数。将 100 说成整数或者分数都正确，和这是类似的情况。嗯，100 分是指使用整数 100 表示分数——这样说明会比较合适吧。”

蒂蒂：“原来如此！{⚂}可以当作集合，也能够当作事件。”

我：“集合是数学中非常基本的概念，可用来描述各种情况。而概率是使用集合表达事件，能够帮助整理元素。”

蒂蒂：“嗯，这样就清楚了。然后，{⚂}等只含有单一元素，也被称为集合吗？集合给人包含许多元素的印象……”

我：“是的。元素仅有 1 个是集合，甚至 0 个也是集合。0 个元素的集合被称为空集，记为

$$\{\}$$

空集也可记为

$$\varnothing$$

{} 的写法可明显看出不含有元素，但我们也常使用 ∅ 的写法。然后，将空集当作事件时，表示绝对不会发生的事件，也就是不可能事件。”

蒂蒂：“啊，请等一下，我的脑袋快要爆炸了。稍微让我整理一下。”

- 受到偶然性的支配，反复操作的行为，称为试验
- 发生的试验结果，称为事件
- 不能够再细分的事件，称为基本事件、简单事件
- 必定发生的事件，称为必然事件
- 绝不会发生的事件，称为不可能事件
- 使用集合表示事件
- 集合可用大括号将元素框起来

我：“没错。”

蒂蒂：“明明发生的试验结果为事件，但也有绝不会发生的事件，真不可思议。”

我：“的确不可思议。不过，有时用不可能事件讨论会比较方便。”

蒂蒂：“诶……”

我：“例如，‘掷骰子 1 次的试验’绝对不会出现同时掷出⚀和⚅的结果。这可以表示成，‘同时掷出⚀和⚅的事件’等于不可能事件。”

蒂蒂："原来如此，能够表示不会发生的情况。"

我："虽然详细理解词汇的意义很重要，但无须过于拘泥字面上的意思。肯定发生的必然事件、绝不会发生的不可能事件，都可视为事件的一种。"

蒂蒂："我明白了。"

3.5　掷硬币 1 次

我："那么，接着讨论掷硬币 1 次吧。"

蒂蒂："好的，是讨论'掷硬币 1 次的试验'吧。"

我："没错。'掷硬币 1 次的试验'的必然事件是？"

蒂蒂："我知道。掷硬币 1 次只会掷出正面或者反面，所以必然事件可用集合表示成

$$\{正，反\}$$

没错吧？"

我："是的。"

蒂蒂："{ 正，反 } 和 { 反，正 } 两种写法都可以吗？"

我："嗯，都可以。排列元素表示集合时，元素的顺序并没有限制。重要的是，集合包含了哪些元素。"

蒂蒂："我明白了。"

我："那么，你能够举出'掷硬币 1 次的试验'中的所有事件吗？"

蒂蒂："嗯……刚才的必然事件也是事件吗？"

我："是的。"

蒂蒂："'掷出正面的事件'是{正}，'掷出反面的事件'是{反}……啊，还有不可能事件的{}！"

我："嗯，正确。这4个就是'掷硬币1次的试验'中的所有事件。"

{}	"绝不发生的事件"（不可能事件）
{正}	"掷出正面的事件"（基本事件）
{反}	"掷出反面的事件"（基本事件）
{正，反}	"肯定发生的事件"（必然事件）

"掷硬币1次的试验"中的所有事件

3.6 掷硬币2次

我："然后讨论掷硬币2次的情况吧。"

蒂蒂："好的。"

我："将'掷硬币2次'当作单一试验，此时的必然事件是？"

蒂蒂："因为这里的事件是掷硬币2次的结果，所以必然事件会是这样。"

{正正，反正，正反，反反}

我："嗯，没错。将该必然事件命名为U后，U可像这样表示。"

$$U=\{正正，反正，正反，反反\}$$

蒂蒂:“我明白了。”

我:“那么——”

蒂蒂:“然后，我又不明白了。”

我:“咦？”

蒂蒂:“学长刚才说将‘掷硬币 2 次’当作单一试验，但‘掷硬币 1 次’不就是单一试验了吗？然后，必然事件不是 { 正，反 } 吗？”

我:“啊，是这里不懂啊。现在讨论的重点是将什么当作单一试验，所以两种情形都可以，重要的是如何决定。”

蒂蒂:“两种情形都可以？”

3.7　将什么当作试验？

我:“我们准备讨论概率的时候，不是‘被动决定’将什么当作试验，而是我们‘主动决定’。”

蒂蒂:“不是‘被动决定’，而是‘主动决定’……”

我:“不用想得太过困难哦。

- 将‘掷硬币 2 次’当作单一试验，进行 1 次试验
- 将‘掷硬币 1 次’当作单一试验，进行 2 次试验

两种情形都可以——我是这个意思。在讨论掷硬币 2 次的情况时，我们须‘主动决定’将什么当作试验。”

蒂蒂：“好像……稍微明白了。”

我：“正因为如此，须表明将什么当作试验，否则会不知道议论的前提是什么。然后，我们现在将‘掷硬币 2 次’当作单一试验。”

蒂蒂：“原来如此……”

我：“此时，假设‘2 次掷出相同面’的事件为 A。你能够具体列出 A 的元素吗？”

蒂蒂：“‘正正’或者‘反反’，所以是

$$A=\{\text{正正，反反}\}$$

吗？”

我：“是的，正确！”

蒂蒂：“我好像……跟试验和事件稍微成为朋友了……”

我：“那就好。前面聊了试验和事件的话题，后面终于要开始讲概率了！”

蒂蒂：“好的！”

3.8 概率与概率分布

我：“我们在讨论概率的时候，不只是单纯思考概率，而是要探讨

某事件发生的概率。”

蒂蒂：“是的……这不是理所当然吗？”

我：“嗯，理所当然。我们是针对事件来探讨概率。”

蒂蒂：“具体来说……”

我：“嗯……对了，比如前面提到掷硬币 2 次的例子。我们假设‘2 次掷出相同面’的事件为 A，来讨论事件 A 发生的概率是多少。”

蒂蒂：“好的。因为所有的情况有 4 种，掷出相同面的有‘正正’和‘反反’，所以计算后得到 $\frac{1}{2}$。”

我：“是的。若是公平的硬币，的确是如此。然后，我们将关注点放在主动决定一个事件后，会被动决定出一个概率这个观点上吧。”

蒂蒂：“啊？”

我：“主动决定一个事件后，会被动决定出一个概率——这可以想成给出事件得到实数的函数。”

蒂蒂：“函数……”

我：“主动决定一个事件后，会被动决定出一个概率。这是一个‘由主动决定的量产生被动决定的量’的函数。”

蒂蒂：“在函数 $f(x)=x^2$ 中，主动决定一个 x 值后，会被动决定出一个 $f(x)$ 值，与之类似吗？”

我：“没错！就是这么回事！你刚才将 x 值对应 x^2 值的函数命名

为 f。同样地，我们会将求概率的函数命名为 Pr。”

$$Pr$$

蒂蒂：“这个 Pr 就是概率吗？”

我：“正确地说，Pr 被称为概率函数、概率分布函数。”

蒂蒂：“概率分布……跟概率是不同的概念吗？”

她眨了眨那双大大的眼睛，盯着我看。

我：“严谨地说，概率分布 Pr 是由事件决定概率数值的函数，而由一个事件 A 得到的实数 $Pr(A)$ 是概率。”

蒂蒂：“我感到困难的就是这个地方。”

我：“使用你刚才举例的函数 $f(x)=x^2$，可能比较容易理解。将实数 3 代入函数 f 后，可用式子 $f(3)$ 表示所得到的实数，式子 $f(3)$ 的具体数值是 3^2 也就是 9。f 是函数的名称，而 $f(3)$ 是实数 3 代入函数 f 后所得到的实数。”

蒂蒂：“……好的。”

我：“概率和它是类似的关系。将集合 A 代入函数 Pr 后，可用式子 $Pr(A)$ 表示所得到的实数。Pr 是函数的名称，而 $Pr(A)$ 是集合 A 代入函数 Pr 后所得到的实数。换言之，A 是表示事件的集合，Pr 是表示概率分布的函数，而 $Pr(A)$ 是表示概率的实数。”

将实数 3 代入函数 f 后，可得到实数 $f(3)$。

将集合 A 代入函数 Pr 后，可得到实数 $Pr(A)$。

将事件 A 代入概率分布 Pr 后，可得到概率 $Pr(A)$。

蒂蒂："概率分布是，让事件对应概率的函数……"

我："没错！对于'此事件发生的概率是多少？'的问题，其答案也可被称为概率分布，只要知道概率分布，就能够知道个别事件发生的概率。"

蒂蒂："我好像稍微理解概率和概率分布了。"

我："嗯，对了，我们来试着讨论具体例子吧。"

3.9 掷硬币 2 次的概率分布

我："我们正在讨论'掷硬币 2 次的试验'。必然事件 U 是

$$U=\{反反，反正，正反，正正\}$$

而基本事件有 4 个：

$$\{反反\}、\{反正\}、\{正反\}、\{正正\}$$

到这里没有问题吧？"

蒂蒂："没问题。"

我："假设使用公平的硬币，概率分布为 Pr，则可像这样求基本

事件的概率：

$$Pr(\{\text{反反}\}) = \frac{|\{\text{反反}\}|}{|\{\text{反反，反正，正反，正正}\}|} = \frac{1}{4}$$

$$Pr(\{\text{反正}\}) = \frac{|\{\text{反正}\}|}{|\{\text{反反，反正，正反，正正}\}|} = \frac{1}{4}$$

$$Pr(\{\text{正反}\}) = \frac{|\{\text{正反}\}|}{|\{\text{反反，反正，正反，正正}\}|} = \frac{1}{4}$$

$$Pr(\{\text{正正}\}) = \frac{|\{\text{正反}\}|}{|\{\text{反反，反正，正反，正正}\}|} = \frac{1}{4}$$

其中，$|X|$ 是指集合 X 的元素数。”

集合的元素数

集合 X 的元素数记为

$$|X|$$

※ 这里仅讨论有限集合。

蒂蒂：“元素数……

$|\{\text{反反}\}|=1$　　元素数为 1 个

$|\{\text{反反，反正，正反，正正}\}|=4$　　元素数为 4 个

例如这个样子吗？”

我："是的。若 $A=\{$ 反反，正正 $\}$，则可像这样求 A 的概率。"

$$Pr(A)=\frac{|A|}{|U|}=\frac{2}{4}=\frac{1}{2}$$

蒂蒂："好的，我知道了。这样的话，也可以这么说吧？

$$Pr(U)=1$$

毕竟

$$Pr(U)=\frac{|U|}{|U|}=\frac{4}{4}=1$$

嘛。"

我："没错。必然事件 U 是肯定发生的事件，可知发生的概率 $Pr(U)$ 为 1。"

蒂蒂："学长，学长！

$$Pr(\{\})=\frac{|\{\}|}{|U|}=\frac{0}{4}=0$$

所以可以说

$$Pr(\{\})=0$$

即不可能事件发生的概率为 0 吗？"

我："是的。看来你已经能清楚地掌握和运用集合表示事件了。"

蒂蒂："嗯……虽然已经了解怎么用集合表示事件了，但关键的集合概念还是不太清楚。”

我：“那么，接下来就复习集合吧。如果不放心，可以多确认几次。”

3.10 交集与并集

我：“存在 A 和 B 两个集合时，由所有同时属于 A 和 B 的元素所组成的集合，称为集合 A 和 B 的交集。该集合包含了所有 A 和 B 的共同元素。集合 A 和 B 的交集，会约定俗成地用这种符号表示。”

$$A \cap B$$

蒂蒂：“好的。”

我：“然后，当存在 A 和 B 两个集合时，由所有至少属于 A 或 B 的元素所组成的集合，称为集合 A 和 B 的并集。该集合包含了所有 A 和 B 的元素。集合 A 和 B 的并集，会约定俗成地用这种符号表示。”

$$A \cup B$$

蒂蒂：“好的，这也没有问题。”

我：“像这样画成维恩图后，就能够帮助我们更好地理解集合。”

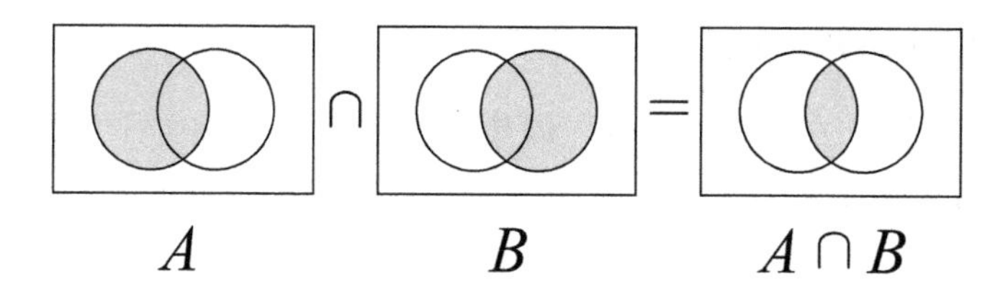

交集 $A \cap B$

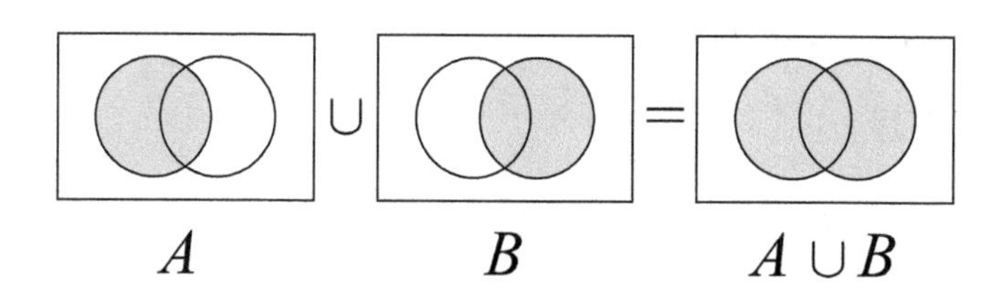

并集 $A \cup B$

蒂蒂：“好的，我明白了。交集 $A \cap B$ 是两者重叠的部分；并集 $A \cup B$ 是两者合并的部分。”

我：“交集 $A \cap B$ 可以看作两者重叠的部分，也能看作仅从集合 B 中选出同时属于集合 A 的元素哦。”

蒂蒂：“啊……真的。”

3.11 互斥

我：“那么，这里出个问题：若集合 A 和 B 满足下述等式，

$$A \cap B = \varnothing$$

则 A 和 B 的关系是怎样的？”

蒂蒂：“嗯……重叠的部分，即集合 A 和 B 的交集等于空集 $\varnothing$，表示没有任何共同元素。”

蒂蒂不停用双手在空中画圆进行说明。

我：“嗯，是的。集合 A 和 B 皆表示事件，当 $A \cap B = \varnothing$ 成立时，称事件 A 和 B 互斥。”

蒂蒂：“互斥……”

我：“例如，在‘掷骰子 1 次的试验’中，若 A={⚀，⚁，⚂}、B={⚃，⚄}，则事件 A 和 B 互斥。”

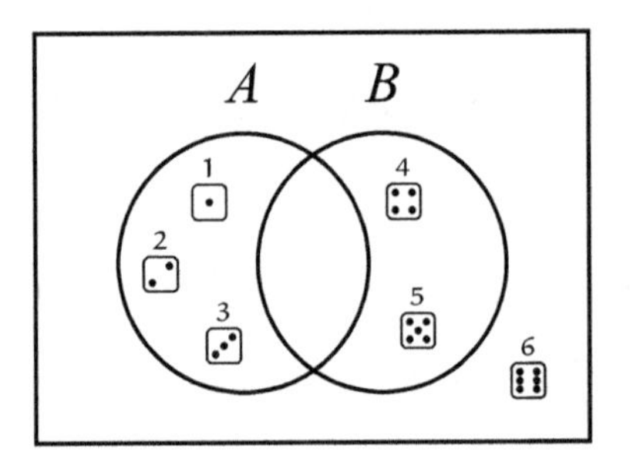

互斥

事件 A 和 B 满足下述等式时，

$$A \cap B = \varnothing$$

称事件 A 和 B 互斥。

蒂蒂："互斥的意思是事件 A 和 B 不会同时发生？"

我："嗯，没错。式子 $A \cap B = \varnothing$ 成立时，套用集合的描述会是

集合 A 和 B 的交集等于空集

然后，集合 A 和 B 为事件时，套用事件的描述会是

事件 A 和 B 互斥

两者皆可用式子 $A \cap B = \varnothing$ 来表示，当然也可记为

$A \cap B = \{\}$。"

蒂蒂："集合……的描述？"

我："是的。使用概率讨论事件时，每个事件会被当作集合。讨论事件时会借助集合来表示，所以'事件 A 和 B 互斥'的描述可表示成 $A \cap B = \varnothing$。这就相当于借用集合的描述。"

蒂蒂："集合的描述和事件的描述——原来如此！"

3.12　全集与补集

我："概率的重点是讨论'以什么为整体'，相当于讨论必然事件。若套用集合的描述，事件的重点在于讨论'以什么为全集'。"

蒂蒂："全集是指涵盖世间万物的集合吗？"

我："啊，错了，不是世间万物，而是当前讨论的所有元素的集合。因此，不如说是根据设定从世间万物中分离出来的元素，决定以这些作为整体。"

蒂蒂："原来如此……回头想想，掷硬币 2 次时，必然事件是 { 反反，反正，正反，正正 }。必然事件不是世间万物，不会出现兔子先生。"

我："是的……不会出现兔子先生。然后，我们能够讨论全集 U 中，所有不属于集合 A 的元素所组成的集合。"

蒂蒂："所有集合 A 以外的元素所组成的集合……吗？"

我："嗯，是的。该集合被称为集合 A 的补集，记为

$$\overline{A}$$

补集表示的事件被称为对立事件 (complementary event)。"

蒂蒂："就像饼干压模后剩余的面团嘛。"

我："饼干压模？"

蒂蒂："饼干在放入烤箱之前，会先擀平延伸面团，再用金属压模切割出圆形的形状。若饼干是集合 A，那剩余的面团就是补集 $\overline{A}$ 嘛。"

我："原来如此，的确很像。维思图也是这样的感觉哦。"

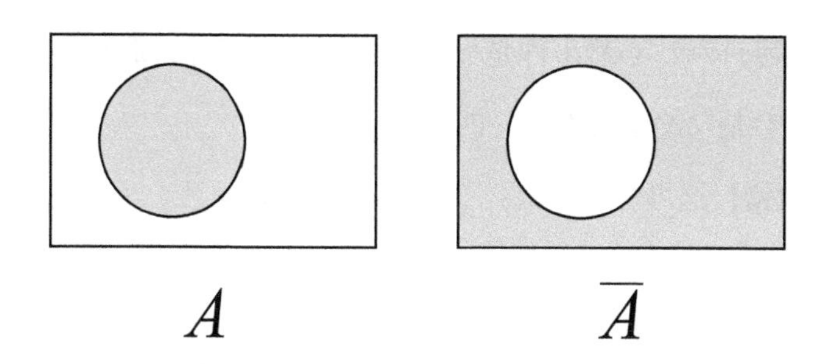

集合 A 与其补集 $\overline{A}$

蒂蒂：“对立事件 $\overline{A}$ 该不会是指事件 A 不发生的事件吧？”

我：“是的。”

蒂蒂：“果然是这样。我很难理解‘发生’了‘不发生’这种说法。”

我：“这可想成发生事件 A 以外的事件来帮助理解。讨论实际掷硬币 2 次，马上就能明白哦。例如，若事件 A 是

$$A=\{\text{正正}\}$$

则事件 $\overline{A}$ 是

$$\overline{A}=\{\text{反反，反正，正反}\}$$

事件 A‘掷出正面 2 次’的对立事件 $\overline{A}$，相当于‘至少掷出反面 1 次’的事件。”

蒂蒂：“原来如此……啊，这样一来，必然事件的对立事件是不可

能事件啊！必然事件是‘肯定发生’的事件，那它的对立事件会是‘绝不会发生’的事件。”

我：“没错！这可写成下式：

$$\bar{U} = \varnothing$$

然后，不可能事件的对立事件是必然事件，这也可写成

$$\bar{\varnothing} = U$$

除此之外，这两个式子也成立。”

$$A \cap \bar{A} = \varnothing$$
$$A \cup \bar{A} = U$$

蒂蒂：“我明白了，我明白了！”

3.13 加法定理

我：“厘清试验、事件、概率、概率分布的意义，也复习了集合的计算后，应该能够轻松掌握概率的加法定理。”

概率的加法定理（一般的情况）

关于事件 A 和 B，满足

$$Pr(A \cup B) = Pr(A) + Pr(B) - Pr(A \cap B)$$

蒂蒂："……"

我："事件 $A \cup B$ 发生的概率，可由事件 A 发生的概率，加上事件 B 发生的概率，再减去事件 $A \cap B$ 发生的概率来求得——我们可以这么解读。"

蒂蒂："课堂上教的是概率的'加法法则'，其实叫加法定理才正确吗？"

我："'加法法则'也可以。不过，这个等式是可从概率的定义证明的定理，所以我才把它写成加法定理。"

蒂蒂："证明？"

我："嗯，是的。当基本事件同样容易发生时，可用事件含有的元素数来求概率。运用这个想法，就能够像这样证明概率的加法定理。"

$$
\begin{aligned}
Pr(A \cup B) &= \frac{|A \cup B|}{|U|} && \text{由概率的定义得到} \\
&= \frac{|A| + |B| - |A \cap B|}{|U|} \\
&= \frac{|A|}{|U|} + \frac{|B|}{|U|} - \frac{|A \cap B|}{|U|} && \text{拆解成分数的相加} \\
&= Pr(A) + Pr(B) - Pr(A \cap B) && \text{由概率的定义得到}
\end{aligned}
$$

蒂蒂："嗯……"

我："慢慢仔细阅读就不会觉得困难哦。"

蒂蒂："……啊，我看到式子就会慌了手脚。"

我：“这个证明是回归集合的元素数，使用有限集合的元素数满足

$$|A\bigcup B|=|A|+|B|-|A\bigcap B|$$

的性质来证明加法定理。”

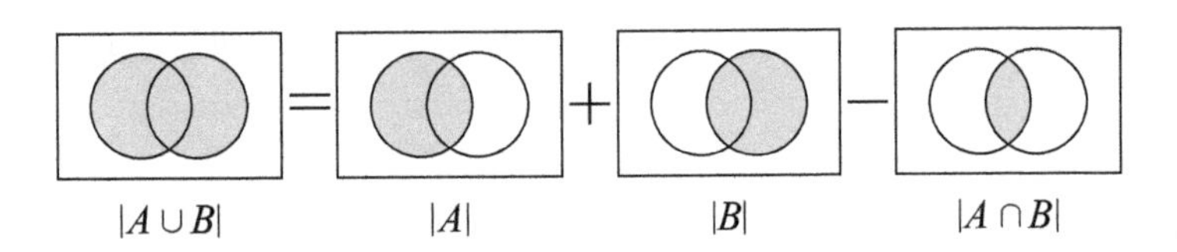

蒂蒂：“好的，我明白了。$|A|+|B|-|A\bigcap B|$ 是将两个集合的元素数相加，所以要减掉重叠部分的元素数嘛。”

我：“是的。须仔细阅读的仅有元素数的部分，后面只是概率的定义和分数的计算而已。”

蒂蒂：“原来如此。”

我：“刚才说的是一般情况。与此相对，互斥事件的加法定理会是这样。”

概率的加法定理（互斥的情况）

当事件 A 和 B 互斥，也就是 $A\bigcap B=\varnothing$ 的时候，满足

$$Pr(A\bigcup B)=Pr(A)+Pr(B)$$

蒂蒂：“这个也能够证明吗？”

我：“是的，跟刚才的做法类似。”

$$
\begin{aligned}
Pr(A \cup B) &= \frac{|A \cup B|}{|U|} && \text{由概率的定义得到} \\
&= \frac{|A|+|B|}{|U|} && \text{因为没有共同元素} \\
&= \frac{|A|}{|U|}+\frac{|B|}{|U|} && \text{拆解成分数的相加} \\
&= Pr(A)+Pr(B) && \text{由概率的定义得到}
\end{aligned}
$$

蒂蒂：“跟一般情况相比，只差在没有减法的部分而已。因为两集合 A 和 B 没有共同元素，所以式子仅剩下这一部分。”

$$|A \cup B| = |A| + |B|$$

我：“对！所以 A 和 B 互斥时，并集 $A \cup B$ 的概率会是事件 A 和 B 单独的概率的和。”

蒂蒂：“嗯，好的。”

我：“因此，A 和 B 互斥时，可以像背口诀一样说：‘并集的概率是概率的和’。”

蒂蒂：“啊，的确。在学微积分中的线性概念时，经常出现‘和的○○是○○的和’。”

我：“换言之，事件互斥时具有便利的性质。在计算并集的概率时，只需要单独求出每个事件的概率，再将它们相加就可以了。”

$$Pr(A \cup B) = Pr(A) + Pr(B) - Pr(A \cap B)$$ 加法定理（一般情况）

$$Pr(A \cup B) = Pr(A) + Pr(B)$$ 加法定理（互斥的情况）

蒂蒂：“我明白了。”

3.14 乘法定理

我：“接着来讲概率的乘法定理吧。后面终于要出现条件概率了。”

蒂蒂：“啊……终于。”

我：“条件概率是这么定义的。”

条件概率

在事件 A 发生的条件下，事件 B 发生的条件概率可用下式定义：

$$Pr(B \mid A) = \frac{Pr(A \cap B)}{Pr(A)}$$

其中，$Pr(A) \neq 0$。

蒂蒂：“……”

我：“由这个定义，马上就能够得到概率的乘法定理。”

概率的乘法定理（一般的情况）

关于事件 A 和 B，满足

$$Pr(A \cap B) = Pr(A)Pr(B \mid A)$$

其中，$Pr(A) \neq 0$

蒂蒂：“这个大概是概率中我最不擅长的部分。”

我：“条件概率吗？”

蒂蒂：“嗯，是的。$Pr(B|A)$ 是在事件 A 发生的条件下，事件 B 发生的条件概率。$Pr(B|A)$ 的定义是这样吗？”

我：“没错。”

蒂蒂：“虽然我能够背出 $Pr(B|A)$ 是什么，但无法说明其中的意思。”

我：“嗯，条件概率挺困难的，我一开始也不知道它在说什么。”

蒂蒂：“而且，我分不太出来 $Pr(A \cap B)$ 和 $Pr(B \mid A)$ 的差别。”

我：“嗯。”

蒂蒂：“$Pr(A \cap B)$ 是事件 A 和 B 皆发生的概率？”

我：“是的，没错。事件的交 $A \cap B$ 是以集合的交集表示的事件，描述事件 A 和 B 皆发生的事件。因此，$Pr(A \cap B)$ 是事件 A 和 B 皆发生的概率。”

蒂蒂：“这里会让我感到非常混乱。

- $Pr(B \mid A)$ 是，在事件 A 发生的条件下，事件 B 发生的条件概率。
- $Pr(A \cap B)$ 是，事件 A 和 B 皆发生的概率。

对我来说，这两个叙述看起来都一样。”

我：“那是——”

蒂蒂：“我说的没错吧。事件 A 发生的条件下事件 B 发生的概率，到头来不就是两者皆发生的概率吗？在事件 A 发生的条件下，也就代表事件 A 会发生！”

蒂蒂激动地解释自己的主张。

我：“我很能够体会你的心情。你会感到非常混乱，我想是因为文字叙述的关系。仅有‘在事件 A 发生的条件下’这句叙述，没办法清楚理解也是难免的。”

蒂蒂：“那么，该怎么理解才好呢？”

我：“‘回归定义’哦。条件概率 $Pr(B \mid A)$ 是这么定义的。”

$$Pr(B \mid A) = \frac{Pr(A \cap B)}{Pr(A)}$$

蒂蒂：“啊……”

我：“试着像这样分别写出分子 $Pr(A \cap B)$ 和分母 $Pr(A)$。”

$$Pr(A \cap B) = \frac{|A \cap B|}{|U|}$$

$$Pr(A) = \frac{|A|}{|U|}$$

蒂蒂：“嗯，这个我懂，没有问题，这是用集合的元素数表示嘛。”

我：“利用这两个式子，也试着把条件概率用集合的元素数表示。”

$$\begin{aligned}
Pr(B\mid A) &= \frac{Pr(A\cap B)}{Pr(A)} && \text{由条件概率的定义得到} \\
&= \frac{\frac{|A\cap B|}{|U|}}{\frac{|A|}{|U|}} && \text{以集合的元素数表示分子和分母} \\
&= \frac{\frac{|A\cap B|}{|U|}\times|U|}{\frac{|A|}{|U|}\times|U|} && \text{将分子和分母同时乘上 } |U| \\
&= \frac{|A\cap B|}{|A|} && \text{约分}
\end{aligned}$$

蒂蒂：“嗯，最后导出这个式子……”

$$Pr(B\mid A)=\frac{|A\cap B|}{|A|}$$

我：“这个式子是将事件 A 当作必然事件时事件 B 发生的概率，所有的情况数为 $|A|$，而关注的情况数为 $|A\cap B|$。”

蒂蒂：“将事件 A 当作必然事件……啊，原来如此。的确，分母不是 $|U|$，而是 $|A|$。”

我：“然后，分子 $|A\cap B|$ 表示从集合 B 的元素中，仅选出也属于

集合 A 的元素数。”

蒂蒂：“啊，啊！原来如此！的确是只将集合 A 的元素当作整体来讨论！感觉像是无视不属于集合 A 的元素来讨论概率一样。”

我：“条件概率本身也是概率哦。概率是‘所有的情况数’分之‘关注的情况数’，而讨论条件概率时，需要注意‘所有的情况’跟平常不一样。”

蒂蒂：“‘所有的情况’跟平常不一样……”

我：“平常是以全集 U 为所有的情况，现在换成以集合 A 为所有的情况。在讨论条件概率的时候，‘所有的情况’受到‘满足给定条件的情况’的限制，要无视、排除‘未满足给定条件的情况’，透过集合 A 这个窗口看世界。”

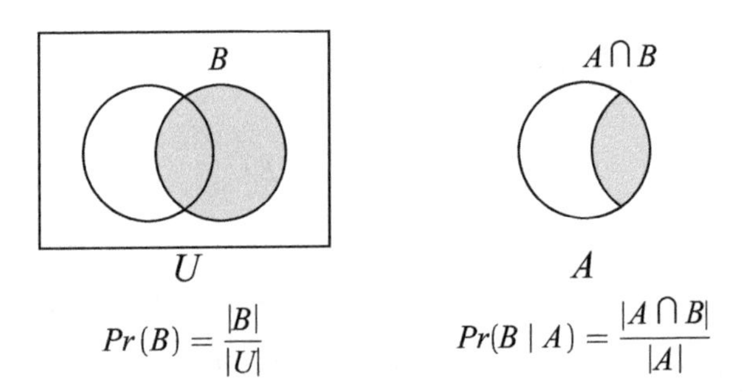

$$Pr(B) = \frac{|B|}{|U|} \qquad Pr(B \mid A) = \frac{|A \cap B|}{|A|}$$

蒂蒂：“原来如此，原来如此！若 B 是甜点装饰，$Pr(B|A)$ 是讨论压模饼干 A 上有多少甜点装饰 $A \cap B$ 嘛。”

我：“没错。画成图型后，就能够清楚了解 $Pr(A\cap B)$ 和 $Pr(B|A)$ 的差别。虽然分子一样，但分母不同。”

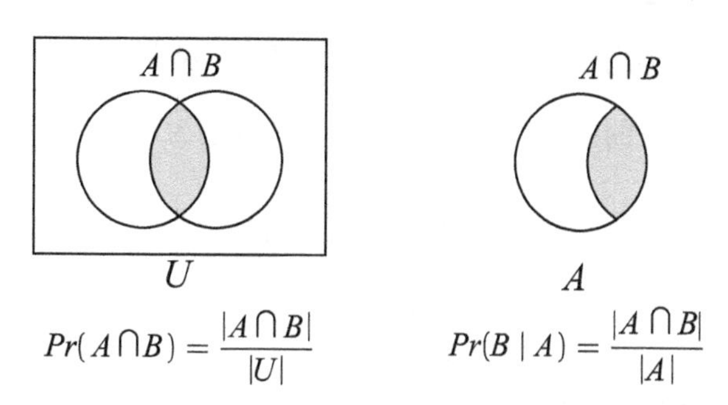

$$Pr(A\cap B)=\frac{|A\cap B|}{|U|} \qquad Pr(B\mid A)=\frac{|A\cap B|}{|A|}$$

蒂蒂：“原来如此……”

我：“条件概率会改变计算概率时的‘所有的情况’。在讨论条件概率的时候，先排除不满足条件的情况，再来计算概率就行了。”

蒂蒂：“感觉好像理解了！唔……我想要具体的例子。”

3.15 骰子游戏

我：“那么，这个问题如何呢？”

问题 3-1（骰子游戏）

蒂蒂和我进行骰子游戏，掷公平的骰子 1 次，掷出点数较大者获胜，掷出相同点数则为平局。对于“蒂蒂和我掷公平的骰子 1 次”的试验，假设事件 A 和 B 分别为

$$A = \text{我掷出}\overset{3}{\text{⚂}}\text{的事件}$$

$$B = \text{蒂蒂获胜的事件}$$

试求此时的 $Pr(A \cap B)$ 和 $Pr(B \mid A)$。

蒂蒂：“好的，我了解设定了。学长和我分别掷骰子，掷出点数较大者获胜，试验和事件都明白了。”

我：“能够求出概率吗？”

蒂蒂：“$Pr(A \cap B)$ 没有问题。这是学长掷出$\overset{3}{\text{⚂}}$且我获胜的概率嘛。”

我：“是的。”

蒂蒂：“因为是公平的骰子，所以能够讨论情况数。必然事件 U 是学长和我的点数的排列：

$$U = \{ \begin{array}{cccccc}
\overset{1\ 1}{\text{⚀⚀}}, & \overset{1\ 2}{\text{⚀⚁}}, & \overset{1\ 3}{\text{⚀⚂}}, & \overset{1\ 4}{\text{⚀⚃}}, & \overset{1\ 5}{\text{⚀⚄}}, & \overset{1\ 6}{\text{⚀⚅}}, \\
\overset{2\ 1}{\text{⚁⚀}}, & \overset{2\ 2}{\text{⚁⚁}}, & \overset{2\ 3}{\text{⚁⚂}}, & \overset{2\ 4}{\text{⚁⚃}}, & \overset{2\ 5}{\text{⚁⚄}}, & \overset{2\ 6}{\text{⚁⚅}}, \\
\overset{3\ 1}{\text{⚂⚀}}, & \overset{3\ 2}{\text{⚂⚁}}, & \overset{3\ 3}{\text{⚂⚂}}, & \overset{3\ 4}{\text{⚂⚃}}, & \overset{3\ 5}{\text{⚂⚄}}, & \overset{3\ 6}{\text{⚂⚅}}, \\
\overset{4\ 1}{\text{⚃⚀}}, & \overset{4\ 2}{\text{⚃⚁}}, & \overset{4\ 3}{\text{⚃⚂}}, & \overset{4\ 4}{\text{⚃⚃}}, & \overset{4\ 5}{\text{⚃⚄}}, & \overset{4\ 6}{\text{⚃⚅}}, \\
\overset{5\ 1}{\text{⚄⚀}}, & \overset{5\ 2}{\text{⚄⚁}}, & \overset{5\ 3}{\text{⚄⚂}}, & \overset{5\ 4}{\text{⚄⚃}}, & \overset{5\ 5}{\text{⚄⚄}}, & \overset{5\ 6}{\text{⚄⚅}}, \\
\overset{6\ 1}{\text{⚅⚀}}, & \overset{6\ 2}{\text{⚅⚁}}, & \overset{6\ 3}{\text{⚅⚂}}, & \overset{6\ 4}{\text{⚅⚃}}, & \overset{6\ 5}{\text{⚅⚄}}, & \overset{6\ 6}{\text{⚅⚅}}
\end{array} \}$$

因此，所有的情况数是 36。”

$$|U| = 6 \times 6 = 36$$

我：“正确。”

蒂蒂：“学长掷出⚂的事件 A 也能够具体写出：

A = {⚂⚀, ⚂⚁, ⚂⚂, ⚂⚃, ⚂⚄, ⚂⚅}

情况数有 6 种。”

我：“事件 B 也能够写出来吗？”

蒂蒂：“可以。我获胜的情况是，我掷出比学长大的点数。所以，事件 B 会像这样有 15 种情况。”

B = { ⚀⚁, ⚀⚂, ⚀⚃, ⚀⚄, ⚀⚅,
⚁⚂, ⚁⚃, ⚁⚄, ⚁⚅,
⚂⚃, ⚂⚄, ⚂⚅,
⚃⚄, ⚃⚅,
⚄⚅ }

我：“这样就能知道 $Pr(A \cap B)$ 了嘛。”

蒂蒂：“$A \cap B$ 是学长掷出 3 点且我获胜的事件，所以我的点数会是 4、5、6 其中之一。换句话说，$A \cap B$ 会有 3 种情况：

$A \cap B$ = {⚂⚃, ⚂⚄, ⚂⚅}

因为所有的情况数 $|U|=36$，所以能够计算 $Pr(A\cap B)$。”

$$Pr(A\cap B)=\frac{|A\cap B|}{|U|}=\frac{3}{36}=\frac{1}{12}$$

我：“那么，剩下的是计算条件概率 $Pr(A\cap B)$ 了。前面是将必然事件 U 当作所有的情况，后面试着加上发生事件 A，也就是事件‘我掷出⚂’——这个条件吧。”

蒂蒂：“将满足条件‘学长掷出⚂’的事件 A 当作所有的情况嘛。学长的点数为 3，而我的点数会是 1 到 6 其中之一，所以元素共有 6 个。”

A = {⚂⚀, ⚂⚁, ⚂⚂, ⚂⚃, ⚂⚄, ⚂⚅}

我：“没错！ $|A|=6$。”

蒂蒂：“这样的话，分母不是 36，而是 6……所以，是这样计算吗？”

$$Pr(B\mid A)=\frac{|A\cap B|}{|A|}=\frac{3}{6}=\frac{1}{2}$$

我：“嗯，正确。然后，理所当然地，这会等于由条件概率 $Pr(B\mid A)$ 的定义得到的数值。”

$$Pr(B\mid A)=\frac{Pr(A\cap B)}{Pr(A)}=\frac{\frac{1}{12}}{\frac{1}{6}}=\frac{1}{12}\cdot\frac{1}{6}=\frac{1}{2}$$

蒂蒂："啊……我好像终于弄明白条件概率 $Pr(B \mid A)$ 的定义了。只要将概率的比值

$$\frac{Pr(A \cap B)}{Pr(A)}$$

转化成元素数的比值

$$\frac{|A \cap B|}{|A|}$$

重新阅读就能够理解了。"

$$\begin{aligned}
Pr(B \mid A) &= \frac{|A \cap B|}{|A|} \\
&= \frac{|\{\overset{3\ 4}{⚂⚃}, \overset{3\ 5}{⚂⚄}, \overset{3\ 6}{⚂⚅}\}|}{|\{\overset{3\ 1}{⚂⚀}, \overset{3\ 2}{⚂⚁}, \overset{3\ 3}{⚂⚂}, \overset{3\ 4}{⚂⚃}, \overset{3\ 5}{⚂⚄}, \overset{3\ 6}{⚂⚅}\}|} \\
&= \frac{3}{6} \\
&= \frac{1}{2}
\end{aligned}$$

我："概率 $Pr(A \cap B)$ 和条件概率 $Pr(B \mid A)$ 的差别也明白了？"

蒂蒂："嗯！ $Pr(A \cap B)$ 是将必然事件 U 当作所有的情况，讨论发生 $A \cap B$ 的概率；而 $Pr(B \mid A)$ 是将事件 A 当作所有的情况，讨论发生 $A \cap B$ 的概率。重要的地方仍旧是讨论'以什么为整体'"

解答 3-1（骰子游戏）

$$Pr(A \cap B) = \frac{|A \cap B|}{|U|} = \frac{3}{36} = \frac{1}{12}$$

$$Pr(B \mid A) = \frac{|A \cap B|}{|A|} = \frac{3}{6} = \frac{1}{2}$$

我：“$Pr(A \cap B)$ 和 $Pr(B \mid A)$ 的差别，可像这样画成图形帮助理解，的确差别就在于分母不同。”

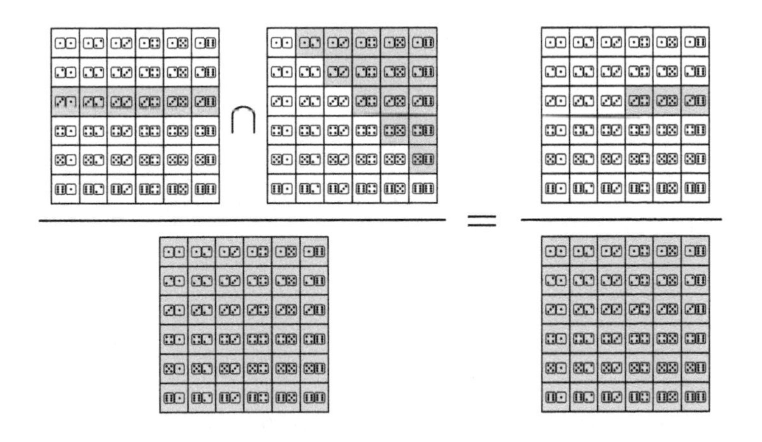

计算 $Pr(A \cap B)$

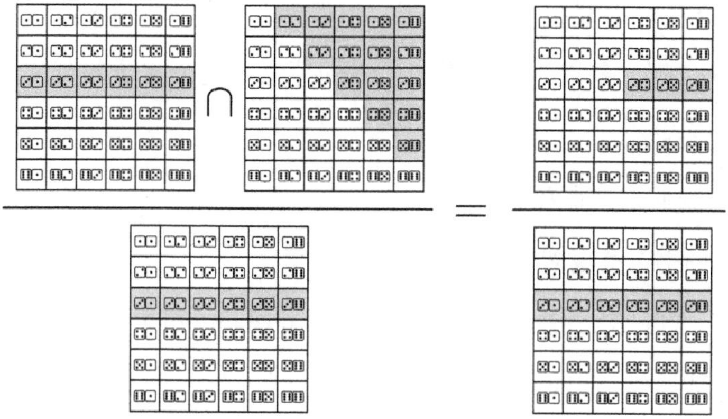

计算 $Pr(B \mid A)$

蒂蒂："原来如此！像这样画成图形就非常清楚了。"

我："在习惯之前，光看式子可能不太好理解吧。"

蒂蒂："说到式子，条件概率的

$$Pr(B \mid A)$$

这个写法，我也觉得不太好懂。"

我："条件概率 $Pr(B \mid A)$ 有时也会记为

$$P_A(B)$$

使用下标字母表示附加条件的事件 A。"

蒂蒂："就算如此……还是不容易看出哪个才是条件。"

我："我会将 $Pr(B \mid A)$ 的纵线（|）读作'但是'哦。"

$Pr(B|A)$ 是事件 B 的概率，附加发生事件 A 的条件。

蒂蒂：“啊，条件是后来附加上去的感觉。这个式子的英文该怎么说？”

我：“我们来查查看吧。”

图书馆有很多书籍让我们寻找答案。

蒂蒂：“$Pr(B|A)$ 是“the conditional probability of B given A”，纵线读作“given”啊！原来如此……”

我：“从英文来讨论，可能比较容易明白。”

蒂蒂：“啊……学……学长！我发现了一件事。条件概率 $Pr(B|A)$ 是将事件 A 当作整体时的概率吧？”

我：“没错。”

蒂蒂：“而概率 $Pr(B)$ 是将必然事件 U 当作整体的概率，所以其实可改写成 $Pr(B|U)$ 吧？”

我：“确实是这样。因为 $Pr(U)=1$，所以没有错哦。”

$$
\begin{aligned}
Pr(B|U) &= \frac{Pr(U \cap B)}{Pr(U)} && \text{由条件概率的定义得到} \\
&= \frac{Pr(B)}{Pr(U)} && \text{由 } U \cap B = B \text{ 得到} \\
&= \frac{Pr(B)}{1} && \text{由 } Pr(U) = 1 \text{ 得到} \\
&= Pr(B)
\end{aligned}
$$

3.16 获得提示

蒂蒂:“明白条件概率也是概率的一种，我就安心了。这是只将附加条件的事件当作整体来讨论的概率嘛。不过，为什么要搞得如此复杂呢?”

我:“因为条件概率经常被用到哦。”

蒂蒂:“是这样吗?”

我:“是的。当我们获得部分的信息时，会倾向讨论条件概率。”

蒂蒂:“获得部分的信息……”

我:“例如，这个问题[①]如何?”

从 12 张花牌中抽出 1 张牌后，艾丽斯说:“抽出了黑色的牌。”此时，牌面为♠J 的概率是?

蒂蒂:“概率不是 $\frac{1}{12}$ 吗?”

我:“因为得到‘抽出了黑色的牌’——这个部分的信息，所以概率可能改变了。”

蒂蒂:“我懂了！这是讨论附加条件是黑色牌时的概率。整体不是 12 张花牌，而是 6 张黑色牌。那么，想求的概率会是 $\frac{1}{6}$ 。”

我:“是的，正确。假设必然事件为 U、出现黑色牌的事件为 A、出现♠J 的事件为 B，则想求的概率会是 $Pr(B \mid A)$ 。然后，

---

① 同问题 2-4（第 79 页）。

$$Pr(B \mid A) = \frac{|A \cap B|}{|A|}$$
$$= \frac{1}{6}$$

可以这样计算求得。”

蒂蒂：“我明白获得部分信息的意义了。”

我：“虽然没有办法正确知道实际情况如何，但经常会碰到获得部分信息的情况。此时，我们须根据获得的提示来缩小整个集合。”

蒂蒂：“原来如此。因为根据提示缩小了整个集合，所以分母的数值才会改变啊。”

3.17 独立

我：“如同在加法定理中讨论互斥的情形，乘法定理也会讨论特殊情况。在一般情况下，乘法定理会是这样。”

概率的乘法定理（一般的情况）

关于事件 A 和 B，满足

$$Pr(A \cap B) = Pr(A)Pr(B \mid A)$$

其中，$Pr(A) \neq 0$。

蒂蒂：“嗯，好的。特殊的情况是？”

我：“两事件独立的情况哦。独立的定义会是这样。”

独立

关于事件 A 和 B，满足

$$Pr(A \cap B) = Pr(A)Pr(B)$$

此时，称事件 A 和 B 互相独立。

蒂蒂：“……”

我：“独立时的乘法定理会这样表示。如果由独立的定义来看，就会发现此时的乘法定理是理所当然的事情。”

概率的乘法定理（独立的情况）

对于互相独立的事件 A 和 B，满足

$$Pr(A \cap B) = Pr(A)Pr(B)$$

蒂蒂不断比较两个乘法定理。

蒂蒂：“最后面的部分 $Pr(B \mid A)$ 和 $Pr(B)$ 不一样。”

$$Pr(A \cap B) = Pr(A)Pr(B \mid A) \quad \text{乘法定理（一般的情况）}$$
$$Pr(A \cap B) = Pr(A)Pr(B) \qquad \text{乘法定理（独立的情况）}$$

我："是的，一般情况的乘法定理，需要满足 $Pr(A)\neq 0$ 才成立。发生事件的交 $A\cap B$ 的概率等于 $Pr(A)Pr(B|A)$。条件概率 $Pr(B|A)$ 本来就是如此定义的。"

蒂蒂："好的。"

我："不过，假设发生事件的交 $A\cap B$ 的概率等于 $Pr(A)\mathrm{Pr}(B)$，若事件 A 和 B 具有这样的性质，则称两事件互相独立。"

蒂蒂："啊……"

我："如何？"

蒂蒂："……互相独立，跟互斥类似吗？"

我："加法定理须注意事件是否互斥，而乘法定理则须注意事件是否互相独立。就这层意义来说，两者虽然类似，却是不同的概念哦。"

蒂蒂："两事件互斥可简单理解为'不会同时发生'，但互相独立就不太好懂了。互相独立的意思是？"

我："别过于拘泥'独立'字面上的意思。只不过是将满足 $Pr(A\cap B)=Pr(A)Pr(B)$ 的事件定义为独立而已。"

蒂蒂："即便如此，我还是想知道意思……"

我："这样啊。事件 A 和 B 互相独立，可解释成事件 A 和 B 互不影响的状态。"

蒂蒂："互不影响……"

我："即便知道发生事件 A 这个提示，也无法得知会不会发生事件

B——可以这么解释。”

蒂蒂：“提示没有用处的情况？发生事件 A 的提示会缩小整体集合吧？”

我：“实际讨论骰子游戏，就能够理解哦。”

问题 3-2（骰子游戏）

蒂蒂和我进行骰子游戏。对于“蒂蒂和我掷公平的骰子 1 次”的试验，假设事件 C 和 D 分别为

C= 我掷出⚂的事件

D= 蒂蒂掷出⚄的事件

此时，请证明下式成立：

$$Pr(C \cap D) = Pr(C)Pr(D)$$

蒂蒂：“请等一下。学长有没有掷出⚂，跟我有没有掷出⚄一点关系都没有……吧？”

我：“没错！我有没有掷出⚂，不影响蒂蒂掷出⚄的概率。因此，发生事件 C 的提示，对于发不发生事件 D 的判断没有帮助——此情况可表示成下式：

$$Pr(C \cap D) = Pr(C)Pr(D)$$

独立正是这个彼此一点关系都没有的状况。”

蒂蒂："原来如此！我好像理解了。"

我："两事件互相独立的意义，使用条件概率描述会更加清楚。假设$Pr(C) \neq 0$，试着用表示独立的式子$Pr(C \cap D) = Pr(C)Pr(D)$，将条件概率的定义变形吧。"

$$
\begin{aligned}
Pr(D \mid C) &= \frac{Pr(C \cap D)}{Pr(C)} && \text{由条件概率的定义得到} \\
&= \frac{Pr(C)Pr(D)}{Pr(C)} && \text{由事件 } C \text{ 和 } D \text{ 互相独立得到} \\
&= Pr(D) && \text{以 } Pr(C) \text{ 约分}
\end{aligned}
$$

蒂蒂："若事件 C 和 D 互相独立，则$Pr(D \mid C) = Pr(D)$成立？"

我："是的。$Pr(C) \neq 0$的时候，若事件 C 和 D 互相独立，则它们满足

$$Pr(D \mid C) = Pr(D)$$

换言之，若事件 C 和 D 互相独立，在发生事件 C 的条件下，发生事件 D 的条件概率等于发生事件 D 的概率——会变成这个样子。"

蒂蒂："不管有没有发生事件 C 的附加条件，发生事件 D 的概率都不变——独立该不会是这个意思吧？"

我："对，就是这个意思！"

蒂蒂："我明白了！"

我："为慎重起见，来看看证明吧。"

蒂蒂："好的！这个一下子就能完成证明。"

解答 3-2（骰子游戏）

（证明）分别计算发生事件 C、D、$C \cap D$ 的概率，

$$Pr(C) = \frac{6}{36} = \frac{1}{6}$$

$$Pr(D) = \frac{6}{36} = \frac{1}{6}$$

$$Pr(C \cap D) = \frac{1}{36}$$

因为

$$\frac{1}{36} = \frac{1}{6} \times \frac{1}{6}$$

所以推导出

$$Pr(C \cap D) = Pr(C)Pr(D)$$

（证明完毕）

我："在讨论获得的提示、部分的信息有没有帮助时，条件概率扮演着重要的角色。"

"若未决定以什么为整体，谈论一半也没有意义。"

附录：集合与事件

集合		事件
集合 A	←−−→	事件 A
空集 $\varnothing$	←−−→	不可能事件 $\varnothing$ 绝不会发生的事件
全集 U	←−−→	必然事件 U 肯定会发生的事件
A 和 B 的交集 $A \cap B$	←−−→	A 和 B 的交 $A \cap B$ A 和 B 皆发生的事件
A 和 B 的并集 $A \cup B$	←−−→	A 和 B 的并 $A \cup B$ A 和 B 至少发生一项的事件
A 的补集 $\overline{A}$	←−−→	A 的对立事件 $\overline{A}$ 不会发生 A 的事件

第 3 章的问题

●问题 3-1（掷硬币 2 次的试验的所有事件）

讨论掷硬币 2 次的试验时，必然事件 U 可记为

$$U=\{正正，正反，反正，反反\}$$

集合 U 的子集皆为该试验的事件。例如，下述三个集合皆为该试验的事件：

$$\{反反\}、\{正正，反反\}、\{正正、正反、反反\}$$

试问该试验一共有几个事件？请试着全部列举出来。

（解答在第 274 页）

●问题 3-2（掷硬币 n 次的试验的所有事件）

讨论掷硬币 n 次的试验。试问该试验一共有几个事件？

（解答在第 277 页）

●问题 3-3（互斥）

讨论掷骰子 2 次的试验。请从下述①～⑥的事件组合中，举出所有互斥的组合。其中，第 1 次掷出的点数为整数 a，第 2 次掷出的点数为整数 b。

① $a=1$ 的事件与 $a=6$ 的事件

② $a=b$ 的事件与 $a \neq b$ 的事件

③ $a \leqslant b$ 的事件与 $a \geqslant b$ 的事件

④ a 为偶数的事件与 b 为奇数的事件

⑤ a 为偶数的事件与 ab 为奇数的事件

⑥ ab 为偶数的事件与 ab 为奇数的事件

（解答在第 278 页）

●问题 3-4（互相独立）

讨论掷公平的骰子 1 次的试验。假设掷出奇数的事件为 A，掷出 3 的倍数的事件为 B，试问两事件 A 和 B 互相独立吗?

（解答在第 282 页）

●问题 3-5（互相独立）

讨论掷公平的硬币 2 次的试验。请从下述①～④的组合中，举出所有事件 A 和 B 互相独立的组合。其中，硬币的正反面分别表示 1 和 0，假设第 1 次掷出的数为 m，第 2 次掷出的数为 n。

① $m=0$ 的事件 A 与 $m=1$ 的事件 B

② $m=0$ 的事件 A 与 $n=1$ 的事件 B

③ $m=0$ 的事件 A 与 $mn=0$ 的事件 B

④ $m=0$ 的事件 A 与 $m \neq n$ 的事件 B

（解答在第 284 页）

●问题 3-6（互斥与互相独立）

试着回答下述问题：

① 若事件 A 和 B 互斥，则可以说事件 A 和 B 互相独立吗？

② 若事件 A 和 B 互相独立，则可以说事件 A 和 B 互斥吗？

（解答在第 286 页）

●问题 3-7（条件概率）

下述问题是第 2 章末的问题 2-3（第 79 页）。请用试验、事件、条件概率等词汇，整理并求解该问题。

依次掷 2 枚公平的硬币，已知至少 1 枚掷出正面，试求 2 枚皆为正面的概率。

（解答在第 287 页）

●问题 3-8（条件概率）

讨论将 12 张花牌充分洗牌后抽出 1 张牌的试验。假设事件 A 和 B 分别为

$$A = \text{抽出}\heartsuit\text{的事件}$$
$$B = \text{抽出 Q 的事件}$$

试着分别求出下述的概率：

① 在发生事件 A 的条件下，发生事件 $A \cap B$ 的条件概率 $Pr(A \cap B \mid A)$

② 在发生事件 $A \cup B$ 的条件下，发生事件 $A \cap B$ 的条件概率 $Pr(A \cap B \mid A \cup B)$

（解答在第 290 页）

第 4 章

攸关性命的概率

“即便能够看见 A，但实际上有可能不是 A。”

重要事项

本章会以疾病检查为例进行说明，疾病、检查的名称和数值等全为虚构。

本章所写的内容非常重要，请读者务必清楚理解，但切勿仅就该内容做医学判断。笔者并非医学专家。

医生等专业人员不仅根据本章中的数学内容，还会根据其他信息综合判断。在进行医学判断时，务必向医生等专家进行咨询。

4.1 图书室

蒂蒂:“我想到之前学长说过的事情。”

蒂蒂冷不防地抛出这句话。

我:“我说过的事情?你是指哪个?”

蒂蒂:“学长说过‘每 100 次发生 1 次’。”

我:“‘发生的概率为 1%’的讨论吗?由梨曾经说过。”

蒂蒂:“‘每 100 次发生 1 次’和‘发生的概率为 1%’不是完全一样的意思吗?”

我:“不能够直接这么说。即便发生的概率为 1%,也未必每 100 次就会发生 1 次。但若是讨论的是每 100 次发生 1 次的比例,可能就不能算是说错。”

蒂蒂:“比例?”

我:“若以相同的条件尝试 100 万次,大约会发生 1 万次。虽然实际上不可能尝试 100 万次,严谨地讲,也可能不会发生 1 万次,但若是真的尝试,发生的比例大约会是 1% 吧。若‘每 100 次发生 1 次’是这个意思,我想就不能算是说错。”

蒂蒂:“虽然没有实际尝试,但若真的尝试……”

我:“是的。讨论概率的时候,相当于关注在整体中占多少比例。例如,不是 1 个人尝试 100 万次,而是 100 万人各尝试 1 次,则发生概率为 1% 的事件会对应 100 万人中约 1% 的人数，也就是约 1 万人。刚好就像是将概率替换成人数的比例。”

蒂蒂：“原来如此。只要想象大量的试验结果会发展到什么程度就行了嘛。通过增加次数、扩增人数……”

蒂蒂边说边张开双臂。

我：“嗯，是的。我们来讨论这个概率问题吧。”

4.2 疾病的检查

问题 4-1（疾病的检查）

假设某国人口的 1% 患疾病 A。

检查 B 能够验出被检查者是否患疾病 A，检验结果呈阳性或者阴性。

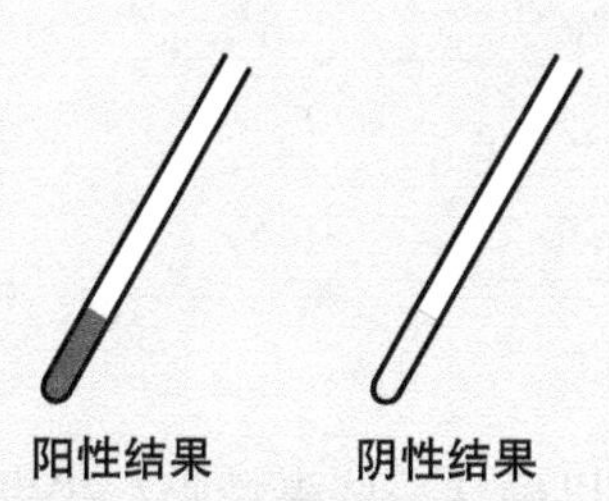

其中，已知检验结果的概率如下：

- 检查患病的人，有 90% 的检验结果呈阳性；
- 检查未患病的人，有 90% 的检验结果呈阴性。

随机[①]从国民中选出某人进行检查 B，检验结果为阳性。试求此人患疾病 A 的概率。

① 随机（at random）= 非人为地、非指定地。

蒂蒂：“我知道！这题的答案马上就能够知道。”

我：“你真厉害。答案是？”

蒂蒂：“因为结果为阳性，所以此人患疾病 A 的概率为 90%。”

我：“嗯，一般都会这么想。不过，这是相当常见的错误哦。”

> **蒂蒂的解答 4-1（疾病的检查）**
>
> 此人患疾病 A 的概率为 90%。（错误）

蒂蒂：“咦？不是 90% 吗？”

我：“不对，不是 90%。”

蒂蒂：“不是 90%……”

蒂蒂咬着指甲思考。

我：“……”

蒂蒂：“学长，我可以确认一些事情吗？我想来想去还是认为是 90%，所以想知道自己是哪里出错了……”

我：“当然可以，请说。”

蒂蒂：“这边的 % 是一般的百分比吧？”

我：“是的，百分比就是百分比。”

蒂蒂：“这样的话……问题中出现的‘某人’，不会是特别的人物吧？”

我：“特别的人物是指？”

蒂蒂：“例如，具有特殊的体质，检查 B 无法顺利查出结果……不会是像这样的情况吧？”

我：“不是这样的陷阱题哦，这纯粹是概率的问题。‘某人’是指从国民中随机选出的人，可想成全体国民通过公平的抽签选出的人。”

蒂蒂：“……”

我：“不论此人‘患病’或者‘未患病’，检查 B 肯定会呈‘阳性’或者‘阴性’的结果。”

蒂蒂：“对啊。这样的话，到底哪里出错了？检查 B 是不是有 90% 的概率检查正确嘛？”

我：“检验结果的概率，就如同问题 4-1 的设定哦。”

检查 B 的结果的概率（截自问题 4-1）

⋮

- 检查患病的人，有 90% 的检验结果呈阳性；
- 检查未患病的人，有 90% 的检验结果呈阴性。

⋮

蒂蒂：“对嘛，跟我想的一样……”

我：“你是怎么想的？”

蒂蒂：“我的想法非常理所当然。”

蒂蒂的想法（里面含有错误）

① 检查 B 有 90% 的概率检查正确。

② 所以，如果检验结果为阳性，那么有 90% 的概率此人患疾病 A。

我："'蒂蒂的想法'听起来很正确，但里面含有错误。①须再仔细确认它的意思，②则是完全错误。"

蒂蒂："太……太神奇了！我觉得①和②一点错误都没有。"

我："蒂蒂产生误解的地方，世界上许多人也有同样的误解。"

蒂蒂缓缓举起双手抱住头。

蒂蒂："我的想法有着巨大的盲点吗？"

我："试着想想波利亚（George Polya）的提问：'使用所有条件了吗？'，马上就能够发现'蒂蒂的想法'有问题哦。"

蒂蒂："使用所有条件……我漏掉了什么吗？"

我："你没有使用开头出现的条件。"

截自问题 4-1

假设某国人口的 1% 患疾病 A。

⋮

蒂蒂：“哈……啊！那么，答案是 90% 的 1% 吗？换句话说，正确的概率是 0.9% 吗？”

我：“那也不对哦。你这是在随便凑数字吧？”

蒂蒂：“啊……是的，我没有仔细思考，看到数值 1% 就直接相乘，没有经过大脑思考就回答，真的非常惭愧，我会好好反省……”

4.3　检查正确的意思

我：“嗯，一步一步慢慢来吧。你认为检查 B‘有 90% 的概率检查正确’吗？”

蒂蒂：“嗯，是的。”

我：“这个‘检查正确’是什么意思？”

蒂蒂：“检查正确是指，对于患病的人，检查的结果呈阳性。”

我：“这样只说对一半哦。”

蒂蒂：“诶！”

我：“在讨论检查正确的时候，患病和未患病的人都得考虑才行。换言之，检查正确是指：

- 对于患病的人，检查的结果呈阳性；
- 对于未患病的人，检查的结果呈阴性。”

蒂蒂："啊……对哦。"

> **检查正确**
>
> 甲　对于患病的人检查的结果呈阳性。
>
> 乙　对于未患病的人检查的结果呈阴性。

我："若仅讨论甲，即便总是呈阳性结果、不够严谨的检查 B′，也会被归类为检查正确的范畴哦。"

蒂蒂："不论有没有患病，检查 B′ 的结果都呈阳性吗？这样根本不算是检查吧？"

我："是的。检查 B′ 不能够算是检查，什么都没有检验就呈阳性结果。不过，检查 B′ 满足甲——'对于患病的人，检查的结果呈阳性'。"

蒂蒂："的确……若任谁接受检查，结果都呈阳性，患病的人的结果也会呈阳性。在讨论检查正确的时候，需要同时考虑甲和乙的情况才行。"

我："没错。"

蒂蒂："那个……虽然听起来很像是借口，但我同时考虑了甲和乙的情况。真的哦。只是误以为甲的情况直接包含了乙的情况。"

我："是的。这跟概率没有关系，是经常发生的误解哦。'对于患病的人，检查的结果呈阳性’的情况，完全没有提及未患病的人。”

蒂蒂：“话说回来，这是我答错问题 4-1 的原因吗？”

我：“是的。漏掉未患病的人，正是没有思考‘以什么为整体’的疏忽。”

蒂蒂：“原来如此。但是，我还是不知道哪里错误，哪里正确……”

我：“在‘以什么为整体’的问题中，你还有一个误解哦。那就是 90% 的意思。”

蒂蒂：“90% 的意思……”

4.4 90% 的意思

我：“前面讨论了检查正确的意思，这次来确认 90% 的意思吧。90% 是什么意思呢？”

蒂蒂：“90% 是指 90 在整体 100 中所占的比例。”

我：“是的。90% 是，整体为 100 时，90 在其中所占的比例；整体为 1 时，0.9 在其中所占的比例。同样也可说成，整体为 1000 时，900 在其中所占的比例。”

蒂蒂：“嗯，好的。”

我：“因此，看到百分比的时候，一定、一定、一定要确认‘以什么为整体’。想想整体的情况、以什么为整体来讨论，若不了解以什么为整体、100%，也就无法了解百分比表示的数值意义。”

蒂蒂：“是的，我自认为理解了这件事。不仅限于百分比，看到比例的时候，都会想一下以什么为整体。在学校老师，教到比例的时候也千交代万交代。例如，‘降价 8%’是以平时的价位为 100% 吗？‘打 7 折’是以什么价格来打折？‘半价特卖’是以原价来计算吗？——要思考这些问题才有意义。”

我：“全都跟价格有关诶。”

蒂蒂：“啊！只……只是举例啦……”

我：“抱歉，开个玩笑而已。总之，我们必须想想‘以什么为整体’。”

蒂蒂：“好的。但是，我在问题 4-1 中误解了‘以什么为整体’吗？检查 B 有 90% 的概率检查正确嘛。整体就是整体，其中有 90% 的检验结果正确。理解错了吗？”

我：“这边的‘整体’要仔细推敲才行。检查 B 的结果概率是这样。”

检查 B 的结果的概率（截自问题 4-1）

⋮

- 检查患病的人，有 90% 的检验结果呈阳性；
- 检查未患病的人，有 90% 的检验结果呈阴性。

⋮

蒂蒂：“是的……”

我：“‘检查患病的人，有 90% 的检验结果呈阳性’，这句描述是以什么为整体？”

蒂蒂：“所有患疾病 A 的人。”

我：“是的。假设患疾病 A 的人全部进行检查 B，则其中会有 90% 的检验结果呈阳性。”

蒂蒂：“嗯。检查 B 的结果呈阳性时，有 90% 的概率检查正确，但这 90% 到底只是以患疾病 A 的人为整体的情况，并不是以全体国民为 100%。”

我：“然后，假设患疾病 A 的某人进行检查 B，则可说检验结果有 90% 的概率呈阳性。”

蒂蒂：“原来如此……我的确没有想清楚‘以什么为整体’。问题 4-1 的全体国民，混合了患病和未患病的人。对从混合两种人的整体随机选出的人，检查 B 的结果呈阳性——”

我：“就是这么回事。”

蒂蒂：“可是，即便如此，对结论也没有影响：

- 以所有患疾病 A 的人为 100%，则检查 B 的结果会有 90% 呈阳性；
- 以所有未患疾病 A 的人为 100%，则检查 B 的结果会有 90% 呈阴性。

同时考虑到患病和未患病的人，两者都是 90% 的正确率。所以，我还是认为检查 B 有 90% 的概率检查正确。无论如何……”

我：“嗯，无论如何都会这么想嘛。”

蒂蒂：“这是数学概率的计算吧？会列出什么样的式子？”

我：“嗯，这是概率的计算。不过，光是这样考虑会相当复杂，别急着列出式子，而是先思考‘以什么为整体’吧。为此，我们要用具体的人数来讨论。”

蒂蒂：“讨论具体的人数……假设该国人口为 100，像是这样吗？”

我：“虽然是这样没错，但若假设为 100，患疾病 A 的人就只有 $100 \times 0.01 = 1$ 人，数量太少。”

蒂蒂：“那么，假设整体有 1000 人。”

我：“可以。假设该国人口为 1000，再来阅读问题 4-1，将百分比转换成具体的人数。如此一来，就能够找到线索了。”

4.5 讨论 1000 人的情况

蒂蒂：“我试试看！首先，假设全部人口——”

- 假设全部人口为 1000。
- 全部人口的 1000 人中有 1% 患疾病 A，

$$\underbrace{1000}_{\text{全部人口}} \times \underbrace{0.01}_{1\%} = \underbrace{10}_{\text{患病人数}}$$

因此，全部人口的 1000 人中，患病的人有 10 人。

- 全部人口为 1000，

$$\underbrace{1000}_{\text{全部人口}} - \underbrace{10}_{\text{患病人数}} = \underbrace{990}_{\text{未患病人数}}$$

因此，全部人口的 1000 人中，未患病的人有 990 人。

- 检查患病的人，会有 90% 的检验结果呈现阳性，检查所有患病的 10 人，其中结果呈阳性的人数为

$$\underbrace{10}_{\text{患病人数}} \times \underbrace{0.9}_{90\%} = \underbrace{9}_{\text{患病阳性人数}}$$

因此，患病的 10 人中，有 9 人的检验结果呈阳性。

- 检查未患病的人，会有 90% 的检验结果呈阴性，检查所有未患病的 990 人，其中结果呈阴性的人数为

$$\underbrace{990}_{\text{未患病人数}} \times \underbrace{0.9}_{90\%} = \underbrace{891}_{\text{未患病阴性人数}}$$

因此，未患病的 990 人中，有 891 人的检验结果呈阴性。

我："推导了很多诶。"

蒂蒂："假设按全部人口为 1000 来计算，问题 4-1 中的'百分比'全部换成'人'的单位。大部分的人未患疾病 A，进行检查 B 的结果呈阴性，这样的情况在全部人口的 1000 人中占了 891 人。"

我："是的。为了更清楚地了解整体的情况——"

蒂蒂："可以制作表格呀！"

我："没错。这样能够减少错误。"

4.6 制作表格

蒂蒂："假设全部人口为 1000，则相关人数会是这样：

- 患疾病 A 的有 10 人；

- 未患疾病 A 的有 990 人；
- 患疾病 A 且检查 B 的结果呈阳性的有 9 人；
- 未患疾病 A 且检查 B 的结果呈阴性的有 891 人。

要用这些制作表格吗？”

我：“是的。作成是否患疾病 A、检查 B 的结果是否呈阳性的分类表格。在这张表中，重要的是明确区分

- ‘患疾病 A’或者‘未患疾病 A’
- 检查 B 的‘阳性’或者‘阴性’结果

嗯，然后使用波利亚的‘提问’：‘导入适当的文字了吗？’”

- 以 A 表示患疾病 A、$\overline{A}$ 表示未患疾病 A。
- 以 B 表示检查 B 的结果呈阳性、$\overline{B}$ 表示呈阴性。

蒂蒂：“原来如此，会变成这样的表格。”

	B	$\overline{B}$	合计
A	9		10
$\overline{A}$		891	990
合计			1000

我：“然后……”

蒂蒂：“我知道，填满剩下的空格也很简单嘛。”

	B	$\overline{B}$	合计
A	9	1	10
$\overline{A}$	99	891	990
合计	108	892	1000

问题 4-1　假设人口为 1000 时的表格

我："是的。虽然只是人口为 1000 的情况，但我们能够掌握问题 4−1 的全貌了。"

蒂蒂："全部改成人数后，就清楚许多了。"

我："是的。为了求解问题 4−1，我们要知道检查 B 的结果呈阳性的人数，其中患疾病 A 的人数。查看表格，马上就能够知道哦。"

蒂蒂："检查 B 的结果呈阳性的人数合计为 9+99=108。然后，108 人中实际患疾病 A 的人数为 9。因此，检查 B 的结果呈阳性的人数为 108。其中患疾病 A 的人数为 9。可以得到这样的结果。"

蒂蒂笑着公布答案。

我："然后呢？"

蒂蒂："然后是指？"

我："这样我们就能够求解问题 4−1 了。"

假设检查 B 的结果呈阳性的人为 100%，其中患疾病 A 的人有多少 %？

蒂蒂："啊……这个嘛。检验出阳性结果的人中，患病的人数比例为

$$\frac{9}{108}=\frac{1}{12}=0.0833\cdots$$

约 8.3%……咦——"

我："这个比例也是概率，想求的概率会是

$$\frac{\text{阳性且患疾病A的人数}}{\text{阳性的人数}}=\frac{1}{12}$$

检验出阳性结果的时候，实际患病的概率约为 8.3%。"

解答 4-1（疾病的检查）

假设某国全部人口的 1% 患疾病 A。检查 B 能够验出被检查者是否患疾病 A，检验结果呈阳性或者阴性。其中，已知检验结果的概率如下：

- 检查患病的人，有 90% 呈阳性；
- 检查未患病的人，有 90% 呈阴性。

随机从国民中选出某人进行检查 B，检验结果为阳性。此人患疾病 A 的概率为 $\frac{1}{12}$（约 8.3%）。

蒂蒂："？？？"

我："头上冒出很多问号哦。"

4.7 错得很离谱

蒂蒂："这很奇怪，约8.3%也太小了吧！啊，该不会是用1000人讨论的缘故吧？"

我："不奇怪哦。无论人口是多少，结果都一样。例如，假设全部人口为N，所有表格中出现的人数会是原来的$N/1000$倍，计算人数的比例后，概率仍旧是$\frac{1}{12}$，约8.3%哦。"

蒂蒂用力地摇头。

蒂蒂："可是，我前面认为患病的概率为90%啊！明明正解是8.3%，我却答90%……这不是错得很离谱吗？"

我："是的。这是许多人都会搞错的问题，而且容易产生巨大的误解。"

蒂蒂："怎么会……这样……"

我："光是弄错计算方法，数值就会像这样错得离谱。真的很恐怖。虽然问题4-1到底只是虚构的题目，但世上存在许多类似的情况哦。假设已知患某疾病的概率，存在检验结果为阳性或者阴性的检查，而实际检验结果为阳性。"

蒂蒂："然后，直接根据检验结果，判断自己是否患该疾病。"

我："是的。若不会概率计算，就会将约8.3%误解为90%。当然，现实中的数值可能不一样，但思维是相同的。”

蒂蒂：“这可能是攸关‘性命’的判断啊……”

我：“没错。因此，理解概率是非常重要的事情。虽然除了概率的计算，实际上还要考虑诸多元素，但至少要先了解概率。”

蒂蒂：“到底是从哪里开始产生了巨大的误解呢？”

我：“试着比较蒂蒂的误解和正解吧。”

蒂蒂：“比较 90% 和约 8.3% 吗？”

我：“是的。‘借助表格讨论’，找出这两个数分别在表格的什么地方。”

4.8　借助表格讨论

蒂蒂：“好的。因为对于患病的人，检验结果有 90% 的概率呈阳性，所以我一开始回答 90%。这出现在表格的这个地方。”

	B	$\overline{B}$	合计
A	9	1	10
$\overline{A}$	99	891	990
合计	108	892	1000

患病的人中检验结果呈阳性的有 90%

$$\frac{9}{9+1}=\frac{9}{10}=0.9=90\%$$

我：“是的。患病的人中检验结果呈阳性的概率，等于圈起来的人数比。”

蒂蒂：“但是，实际应该求的是这个地方。”

	B	$\overline{B}$	合计
A	9	1	10
$\overline{A}$	99	891	990
合计	108	892	1000

检验结果呈阳性的人中患病的约有 8.3%

$$\frac{9}{9+99}=\frac{9}{108}=\frac{1}{12}=0.833\cdots\approx 8.3\%$$

我：“没错。这样就会知道，你在‘以什么为整体’这个地方产生了巨大的误解。啊！抱歉。”

蒂蒂：“没事，学长说得没错。弄清楚自己的想法哪里搞错后，感觉舒畅多了！”

我：“勇敢承认自己的错误，蒂蒂很了不起。”

蒂蒂：“我明白了为什么正确的概率会变小为约 8.3%。在问题 4-1 中，‘未患病且检验结果呈阳性的有 99 人’，这占了非常大的部分。

$$\frac{9}{9+99}$$

因为这个 99 造成分母变大，所以概率才会变小。”

	B	$\overline{B}$	合计
A	9	1	10
$\overline{A}$	99	891	990
合计	108	892	1000

未患病且检验结果呈阳性的有 99 人

我：“没错。”

蒂蒂：“……然后，它之所以会这么大，是因为未患疾病 A 的人本来就非常多。所以，如果所有人都做检查，未患病且检验结果呈阳性的人就会很多。”

我：“是的，假阳性会很多。”

蒂蒂：“假阳性？”

4.9　假阳性与假阴性

我：“假阳性，也就是未患病而检验结果却呈阳性的情况，明明患病而检验结果却呈阴性则是假阴性。正确的检验结果，称为真阳性和真阴性。”

真阳性　患病，且检验结果正确地呈阳性的情况

假阳性　明明未患病，但检验结果错误地呈阳性的情况

真阴性　未患病，且检验结果正确地呈阴性的情况

假阴性　明明患病，但检验结果错误地呈阴性的情况

	B	$\bar{B}$
A	真阳性	假阴性
$\bar{A}$	假阳性	真阴性

蒂蒂：“各种情况都有自己的名称，正确的结果有两种，错误的结果也有两种。未患病的人数越多，假阳性的人数也会越多。此时，要注意吗？”

我：“要注意……是指什么地方？”

蒂蒂：“要注意即便结果呈阳性，也不能说患病的概率高。”

我：“是的，不过这很难套用到现实世界。结果呈阳性，但自己是被随机选出做检查的吗？还是因怀疑患病而安排进行检查？情况不同，判断也会不同。”

蒂蒂：“是这样没错……不过，无论是哪种情况，我都了解了要正确理解概率的重要性。”

我：“若是所有人都做检查，由于未患病的人非常少，造成伪阳性较多、假阴性较少，也是理所当然的情况。”

蒂蒂：“我觉得假阳性和假阴性的意义差异很大。”

我：“怎么说？”

蒂蒂：“假阳性是实际未患病但检验结果呈阳性的情况。心里想说‘啊！竟然是阳性’，为了确认是否真的患病，会选择住院进行详细检查，接受适当的诊疗。”

我："嗯，是的。即便检验结果呈阳性，实际上也有可能是假阳性。"

蒂蒂："与此相对，假阴性是实际患病但检验结果呈阴性的情况。即便心想'呼……还好是阴性'，也不能够说是圆满的结果，因为会认为自己没事而安心，但实际上是患病却没检查出来……"

我："唔……的确，我能够体会不希望没被检查出来的心情……"

蒂蒂："比起假阴性，假阳性的情况反而比较好。假阴性会带来糟糕的结果。"

我："嗯……假阳性也挺糟的哦。明明实际上没有患病，却可能要住院进行各种治疗，这很难说是比较好吧。而且，若有许多人的检验结果呈现假阳性，可能会产生大量住院进行详细检查的需求，这可能演变成其他的问题。单纯就好坏来说，难以比较假阳性和假阴性吧？"

蒂蒂："原来如此……的确不好比较。"

4.10　条件概率

蒂蒂和我看了表格一阵子。

我："整理成表格后，能够了解整体的情况。"

蒂蒂："是的。在表格上的这两处，检查 B 验出了正确的结果。

验出正确结果的总共有 9+891=900 人，是 1000 人的 90%。”

	B	$\overline{B}$	合计
A	9	1	10
$\overline{A}$	99	891	990
合计	108	892	1000

检查 B 验出正确结果的部分

我：“嗯，是这两处。”

蒂蒂：“我觉得自己不太会区别这两个的比例。”

- 患疾病 A 的人中，检查 B 的结果呈阳性的比例
- 检查 B 的结果呈阳性的人中，患疾病 A 的比例

我：“这也可以说成你不太会区别这两个条件概率。”

- 在发生事件 A 的条件下，发生事件 B 的条件概率，也就是 $Pr(B|A)$
- 在发生事件 B 的条件下，发生事件 A 的条件概率，也就是 $Pr(A|B)$

蒂蒂：“咦？”

我：“咦？对吧。你分不清楚 $Pr(B|A)$ 和 $Pr(A|B)$。”

蒂蒂：“我……我分不清楚吗？”

我：“是的。那么，我们试着解开问题 4-1，也就是将所求概率的对象当作某个试验，讨论此时可能发生的事件。”

蒂蒂：“好的。”

我：“‘借助表格讨论’的同时，也能够‘借助式子讨论’哦。”

问题 4-1（重提疾病的检查）

假设某国人口的 1% 患疾病 A。

检查 B 能够验出被检查者是否患疾病 A，检验结果呈阳性或者阴性。

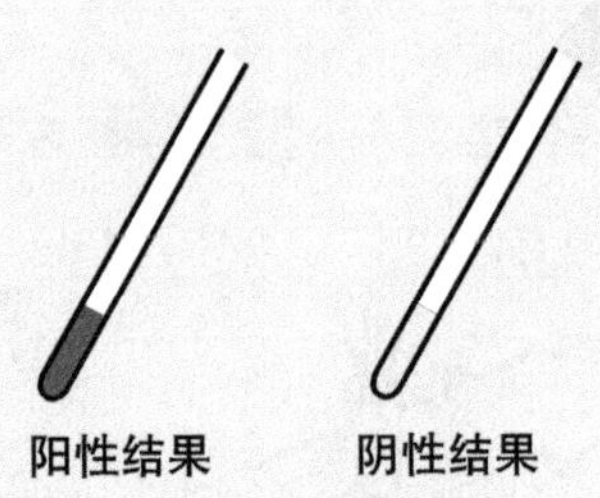

其中，已知检验结果的概率如下：

- 检查患病的人，有 90% 的检验结果呈阳性；
- 检查未患病的人，有 90% 的检验结果呈阴性。

随机从国民中选出某人进行检查 B，检验结果为阳性。试求此人患疾病 A 的概率。

我：“首先是试验。”

蒂蒂：“好的。这个问题可当作是在讨论‘选出某人进行检查 B’

的试验。”

我：“是的。受到偶然性的支配，反复掷骰子、抽签，如问题 4-1 中的检查，这些都可称为试验。”

蒂蒂：“接着是事件。进行‘选出某人进行检查 B’的试验时，所发生的事件如下：

- ‘患疾病 A’的事件 A
- ‘未患疾病 A’的事件 $\overline{A}$
- ‘检查 B 的结果呈阳性’的事件 B
- ‘检查 B 的结果呈阴性’的事件 $\overline{B}$

‘患病’和‘不患病’互斥，‘呈阳性’和‘呈阴性’也互斥，也就是这两个式子成立。”

$$A \cap \overline{A} = \varnothing$$
$$B \cap \overline{B} = \varnothing$$

我：“若假设必然事件为 U，则这两个式子也成立。

$$A \cup \overline{A} = U$$
$$B \cup \overline{B} = U$$

$\overline{A}$ 和 $\overline{B}$ 分别为 A 和 B 的对立事件。”

蒂蒂：“这表示此人肯定是‘患病’或者‘不患病’，且肯定是‘阳性’和‘阴性’其中之一嘛。”

我：“这样就能够表示事件 A、$\overline{A}$ 和 B、$\overline{B}$ 了，接着列举问题 4-1

中的概率，确认‘题目给予什么条件’吧。例如，‘患疾病 A 的人是全部人口的 1%’，可知

$$Pr(A) = 0.01$$

然后……”

蒂蒂：“啊！啊！剩下的我来做，将人口的比例换成概率，检查 B 具有这个性质：

甲　对患疾病 A 的人，检验结果有 90% 的概率呈阳性。

可记为

$$Pr(B \mid A) = 0.9$$

这是因为

- 在患疾病 A 的条件下，检查 B 的结果呈阳性的条件概率为 90%。”

我：“嗯，不错。另一种情况又如何呢？”

乙　对未患疾病 A 的人，检验结果有 90% 的概率呈阴性。

蒂蒂：“没问题。使用对立事件后，可记为

$$Pr(\overline{B} \mid \overline{A}) = 0.9$$

这是因为

- 在未患疾病 A 的条件下，检查 B 的结果呈阴性的条件概

率为 90%。

改写成 A、$\overline{A}$、B、$\overline{B}$ 后，就简洁多了。”

我：“是的。所以，

- 在发生事件 A 的条件下，发生事件 B 的条件概率是 $Pr(B \mid A)$；
- 在发生事件 B 的条件下，发生事件 A 的条件概率是 $Pr(A \mid B)$。

你把这两个搞混了。”

蒂蒂：“的确是这样。我将所求的概率想成 $Pr(B \mid A)$ 所以回答 90%，但实际是要求的 $Pr(A \mid B)$ 约为 8.3%……这样我就弄清楚了！”

4.11 米尔迦

在我们讨论的过程中，米尔迦来到图书室。

她是我的同班同学。

我、蒂蒂和米尔迦三人经常在放学后待在图书室展开数学对话。

米尔迦：“今天在讨论什么内容？”

我：“假阳性和假阴性哦。”

米尔迦：“哼嗯……条件概率啊？”

米尔迦弯腰看笔记本，乌黑的长发顺势滑了下来。

蒂蒂：“虽然我能够做计算，但不太会联想到条件概率。”

米尔迦：“把条件交换过来。”

米尔迦在金属框眼镜前比出 V 的手势，接着迅速翻转过来。

蒂蒂：“对，对。写成数学式的话，很容易看出 $Pr(B \mid A)$ 和 $Pr(A \mid B)$ 不一样，但表达成文字就分不清楚了。

- 患疾病 A 的人中，检查 B 的结果呈阳性的比例
- 检查 B 的结果呈阳性的人中，患疾病 A 的比例”

米尔迦：“两个条件概率 $Pr(B \mid A)$ 和 $Pr(A \mid B)$ 不一样。那么，这两者有什么样的关系？”

蒂蒂：“什么样的关系……”

我：“有什么样的关系？问得真含糊。”

米尔迦：“是吗？那么，改成问题的形式吧。”

4.12 两个条件概率

> **问题 4-2（两个条件概率）**
>
> 请用 $Pr(A)$、$Pr(B)$ 和 $Pr(B \mid A)$ 表达 $Pr(A \mid B)$。

蒂蒂：“使用 $Pr(A)$、$Pr(B)$ 和 $Pr(B \mid A)$ 表示 $Pr(A \mid B)$……”

我：“嗯？”

我的脑袋中浮现出数学公式……原来如此，是这样啊。

米尔迦：“如何？”

我：“我知道了哦。这没有很难。”

蒂蒂：“咦……我也能够明白吗？”

米尔迦：“你从条件概率的定义来看，应该马上就能够明白。”

我：“‘回归定义’哦。”

蒂蒂：“条件概率的定义是这样的。”

$$\begin{cases} Pr(A \mid B) = \dfrac{Pr(B \cap A)}{Pr(B)} \\ Pr(B \mid A) = \dfrac{Pr(A \cap B)}{Pr(A)} \end{cases}$$

蒂蒂盯着定义陷入了沉默，然后开始在笔记本上书写。

我感到有点意外，两者之间的关系应该不用推导这么久才对，不过，这可能是我心中已经有了答案的缘故。

对待未知的挑战如同开拓新的道路，最初的一步是很艰难的。

蒂蒂：“做出来了！是这样吧？”

蒂蒂摊开笔记本给我们看。

我：“这是……以图形讨论吗？”

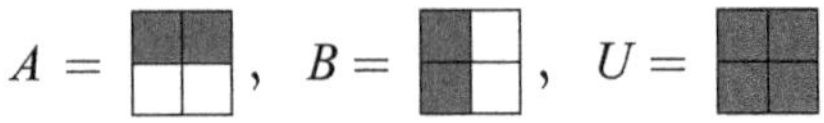

$$A = \quad , \quad B = \quad , \quad U = $$

蒂蒂：“是的。写成式子感觉会很乱，所以我像这样改成图形的形式。

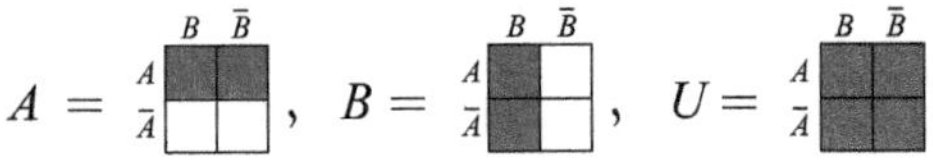

$$A = \quad , \quad B = \quad , \quad U = $$

$B \quad \bar{B}$ $A \quad \bar{A}$

这是事件 A、事件 B 和必然事件 U。概率也能够画成图形哦。”

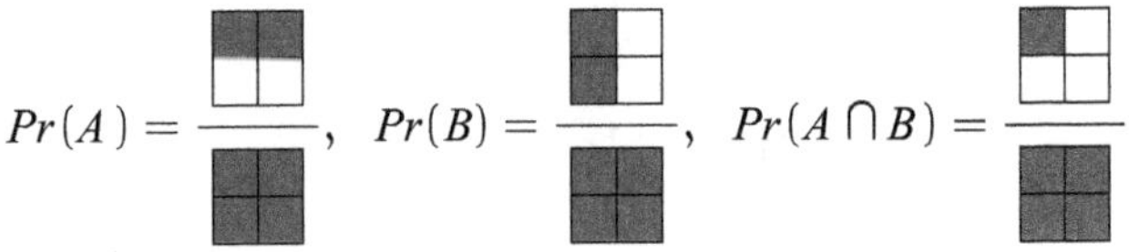

$$Pr(A) = \frac{\quad}{\quad}, \quad Pr(B) = \frac{\quad}{\quad}, \quad Pr(A \cap B) = \frac{\quad}{\quad}$$

我：“原来如此，画成图形也不错。”

米尔迦：“你也打算用图形来表示条件概率吗？感觉很好玩。”

蒂蒂：“嗯，是的！它能够将必然事件约分掉哦。”

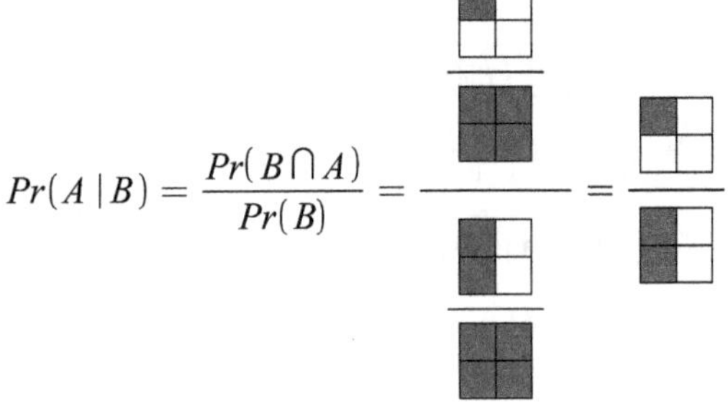

$$Pr(A \mid B) = \frac{Pr(B \cap A)}{Pr(B)} = \frac{\frac{\quad}{\quad}}{\frac{\quad}{\quad}} = \frac{\quad}{\quad}$$

$$Pr(B\mid A)=\frac{Pr(A\cap B)}{Pr(A)}=$$

我：“的确，这感觉很有趣。”

蒂蒂：“这样就能够得到两个条件概率。

$$Pr(A\mid B)=,\quad Pr(B\mid A)=$$

除了 $Pr(A)$ 和 $Pr(B)$，我也写出了 $Pr(B)$ 的倒数 $\frac{1}{Pr(B)}$。

$$Pr(A)=,\quad Pr(B)=,\quad \frac{1}{Pr(B)}=$$

然后，只要组合成容易约分的形式。

$$Pr(A\mid B)=Pr(B\mid A)\cdot Pr(A)\cdot\frac{1}{Pr(B)}$$

这样就导出答案了。我有自信这是正确的答案。”

米尔迦：“正确。”

我：“啊……原来如此。我的写法有点不同，不过是一样的结果。”

解答 4-2

$$Pr(A \mid B) = \frac{Pr(A)Pr(B \mid A)}{Pr(B)}$$

蒂蒂：“的确一样诶！学长是怎么计算的？”

我：“我仔细看你写出来的条件概率的定义，发现两边包含了同样的量。

$$Pr(A \mid B) = \frac{Pr(B \cap A)}{Pr(B)}$$

$$Pr(B \mid A) = \frac{Pr(A \cap B)}{Pr(A)}$$

由 $B \cap A = A \cap B$ 可知两者的概率相同。注意到这件事后，只要用乘法定理就能够将式子变形。

$$\begin{aligned}
Pr(B \mid A) &= \frac{Pr(B \cap A)}{Pr(B)} && \text{由条件概率的定义得到} \\
&= \frac{Pr(A \cap B)}{Pr(B)} && \text{因为 } B \cap A = A \cap B \\
&= \frac{Pr(A)Pr(B \mid A)}{Pr(B)} && \text{由乘法定理得到}
\end{aligned}$$

因此，得到

$$Pr(A|B)=\frac{Pr(A)Pr(B|A)}{Pr(B)}$$

就好了。”

蒂蒂：“哎呀，只要这样就能够做出来了。我绕了这么一大圈……”

我：“但是你的方法很有趣哦。”

米尔迦：“将两个条件概率代换，这被称为贝叶斯定理。”

贝叶斯定理

事件 A 和 B 满足

$$Pr(A|B)=\frac{Pr(A)Pr(B|A)}{Pr(B)}$$

其中，$Pr(A)\neq 0$、$Pr(B)\neq 0$。

我：“贝叶斯定理……好像在哪里听过。”

米尔迦：“若进一步使用全概率定理，这个式子也会成立。”

$$Pr(A|B)=\frac{Pr(A)Pr(B|A)}{Pr(A)Pr(B|A)+Pr(\bar{A})Pr(B|\bar{A})}$$

蒂蒂：“咦？啊！诶？”

我：“嗯……这是？”

蒂蒂：“我觉得这个式子好复杂。米尔迦学姐能够整个背下来吗？”

米尔迦：“蒂蒂，这只是使用全概率定理，将贝叶斯定理的分母 $Pr(B)$ 分解而已。”

全概率定理

事件 A 和 B 满足下式：

$$Pr(B) = Pr(A)Pr(B \mid A) + Pr(\overline{A})Pr(B \mid \overline{A})$$

其中，$Pr(A) \neq 0$、$Pr(\overline{A}) \neq 0$。

我：“……原来如此，我看懂了。”

蒂蒂：“我觉得好难……”

米尔迦：“不对哦。现在的蒂蒂应该有能力马上证明才对。”

蒂蒂：“我……我想想看！①”

“即便看不见 A，但实际上 A 有可能存在。”

① 参见问题 4-4（第 174 页）。

第 4 章的问题

●问题 4-1（结果都呈阳性的检查）

检查 B′是结果都呈阳性的检查（见第 144 页）。假设 u 个检查对象中，患疾病 X 的比例为 p（$0 \leqslant p \leqslant 1$）。求全部 u 人做检查 B′时的①～⑥的人数，请使用 u 和 p 将表格填满。

	患病	未患病	合计
阳性	①	②	①+②
阴性	③	④	③+④
合计	⑤	⑥	u

（解答在第 293 页）

●问题 4-2（母校与性别）

某高中某班级的男女学生共有 u 人，他们毕业于 A 初中或者 B 初中。已知从 A 初中毕业的 a 人当中，有 m 位男学生，而从 B 初中毕业的女学生有 f 人。假设全班抽签选出 1 位男学生，请用 u、a、m、f 表示这位学生毕业于 B 初中的概率。

（解答在第 294 页）

●问题 4-3（广告效果的调查）

为了调查广告效果，向顾客发出“是否见过这个广告?”的问卷，总共收到 u 个顾客的回应。已知 M 个男性当中，有 m 个见过广告，而见过广告的女性有 f 个，请用 u、M、m、f 分别表示下述的 p_1、p_2。

① 给出回应的女性当中，回答未见过广告的女性的比例是 p_1。

② 回答未见过广告的顾客当中，女性的比例是 p_2。

假设 p_1 和 p_2 皆为大于 0 小于 1 的实数。

（解答在第 296 页）

●问题 4-4（全概率定理）

关于事件 A 和 B，试证若 $Pr(A)\neq 0$、$Pr(\overline{A})\neq 0$，则下式成立：

$$Pr(B)=Pr(A)Pr(B\mid A)+Pr(\overline{A})Pr(B\mid \overline{A})$$

（解答在第 297 页）

●问题 4-5（不合格产品）

已知 A_1、A_2 两间工厂生产同样的产品，工厂 A_1、A_2 生产的产品数比例分别为 r_1、r_2（$r_1+r_2=1$）。另外，工厂 A_1、A_2 的产品不合格概率分别为 p_1、p_2。请用 r_1、r_2、p_1、p_2 表示从所有产品中随机抽选 1 个产品的不合格概率。

（解答在第 299 页）

●问题 4-6（验收机器人）

假设大量的零件中，满足质量标准的合格品有 98%，不合格品有 2%。将零件交给验收机器人，显示 GOOD 或者 NO GOOD 的验收结果的概率如下：

- 验收合格品的时候，验收结果有 90% 的概率为 GOOD。
- 验收不合格品的时候，验收结果有 70% 的概率为 NO GOOD。

已知随机抽选零件交给验收机器人，验收结果为 NO GOOD，试求该零件实际为不合格品的概率。

（解答在第 302 页）

第 5 章

未分胜负的比赛

“虽然未来是未知的，却不是完全未知。”

5.1 “未分胜负的比赛”

放学后在高中图书室里，我正在写数学作业，此时蒂蒂走进图书室。她边走边专注地阅读手中的纸片。

我：“蒂蒂？”

蒂蒂：“啊！学长。我拿到村木老师的问题了哦！”

蒂蒂坐到我旁边，读起了“问题卡”上的内容。

村木老师的“问题卡”

A 和 B 两人反复掷公平的硬币来进行比赛，起初两人的分数皆为 0 分。

- 若掷出正面，则 A 得到 1 分。
- 若掷出反面，则 B 得到 1 分。

先得到 3 分的人获胜，能够获得所有奖金。然而——

我：“啊，这是‘未分胜负的比赛’，有名的概率问题。”

蒂蒂：“啊！我才读到一半。”

我：“呜……抱歉，我会听到最后的。”

蒂蒂：“好的。那我从头开始——”

村木老师的“问题卡”（全文）

A 和 B 两人反复掷公平的硬币来进行比赛，起初两人的分数皆为 0 分。

- 若掷出正面，则 A 得到 1 分。
- 若掷出反面，则 B 得到 1 分。

先取得 3 分的人获胜，能够获得所有奖金。然而，比赛进行到一半时中断，此时决定将奖金分给 A 和 B 两人。已知比赛中断的时候，

- A 的分数为 2 分；
- B 的分数为 1 分。

应该如何分配奖金给 A 和 B 才合适呢？

我：“嗯，果然是‘未分胜负的比赛’的问题。”

蒂蒂：“这个问题很有名吗？”

我：“是的。毕竟这是历史悠久的以数学的角度分析概率的问题。

‘未分胜负的比赛’问题、梅雷问题、分配问题等，它有各种不同的名称。”

蒂蒂：“这样啊。”

我：“梅雷[①]是位赌徒，曾经向友人帕斯卡[②]询问本质上类似的问题。”

蒂蒂：“让帕斯卡计算概率吗？”

我：“是这样没错，但当时应该不称为计算概率吧。”

蒂蒂：“为什么？”

我：“‘概率’这个具有数学意义的词，在帕斯卡的时代还没有出现哦。”

蒂蒂：“啊……”

我：“换言之，能否系统性地讨论运气及偶然的情况，在这个时期还不清楚。虽然帕斯卡能够推导出答案，但内心却依然觉得不安，于是写信与费马[③]讨论。他们的书信往来，对之后概率的诞生有深远的影响……我只知道这么多而已。”

蒂蒂：“费马……是那个费马吗？”

我：“没错，‘费马大定理’的费马。”

蒂蒂：“没想到这是如此厉害的问题啊！”

---

① 舍瓦利耶·德·梅雷，Chevalier de Méré。

② 布莱兹·帕斯卡，Blaise Pascal (1623—1662)。

③ 皮埃尔·德·费马，Pierre de Fermat (1607—1665)。

我：“是的。在那个概率的概念尚未明确的时代，讨论概率应该会遇到许多困难吧。不过，对稍微学过概率的我们来说，这个问题并不困难。”

蒂蒂：“是的，我刚刚也在想用概率回答。”

我：“不过，就目前的题意而言，不能把它当作数学问题，尤其是在这个部分会遇到困难。”

> 应该如何分配奖金给 A 和 B 才合适呢？

蒂蒂：“怎么说？”

我：“如何分配奖金才合适，这没有办法被当作数学问题，我们还须要定义‘合适’的意思。当然，就现实问题而言，连同‘什么是合适的？’一起讨论才有意义。”

蒂蒂：“……有点让人理不清头绪。”

5.2　不同的分配方法

我：“啊，我们没有要讨论很深的内容。比赛中断时，A 和 B 的分数分别为 2 分和 1 分，虽然根据规则先取得 3 分的人获胜且能够获得所有奖金，但两人都未达到 3 分。”

蒂蒂：“是的，就是这样的情况：

- 取得 2 分的 A 还差 1 分获胜；
- 取得 1 分的 B 还差 2 分获胜。”

我：“在此状况下，如何分配奖金才‘合适’？就算这么问，分配奖金的方法也不止一种。例如，得分高的 A 可能主张，得分高的人获得所有奖金。”

得分高的人获得所有奖金的方法（A 的主张）

我（A）得到 2 分，你（B）仅得到 1 分。在此时中断的话，得分高的我获得所有奖金才是“合适”的方法。

蒂蒂：“啊！可是，这样很过分吧。如果不中断比赛，也有可能连续掷出 2 次硬币的反面。这样的话，B 会是 1 分加上 2 分，先取得 3 分而获胜，即有可能发生 B 获得所有奖金的情况。因为没有人知道未来会如何，所以即便比赛中途结束，让 A 获得所有奖金还是有点过分。”

我：“没错。不过，A 的主张也能够理解。”

蒂蒂：“是这样没错……”

我：“嗯，而且得分高的人获得所有奖金，这个分配方法也有问题。若中断时同分怎么办？两人同分的话，就没有得分比较高的人，也就没有办法分配奖金。”

蒂蒂：“中断时同分的话可以平分奖金，也就是两人各得一半的分配方法。”

我：“嗯，是的。我们也能够根据目前的得分比例来分配奖金，于是 B 可能这么主张。”

根据得分比例分配的方法（B 的主张）

你（A）得到 2 分，我（B）得到 1 分，我们根据目前的得分比例分配奖金，也就是以 2∶1 的比例来分配，你获得奖金的 $\frac{2}{3}$，我获得奖金的 $\frac{1}{3}$。这才是“合适”的方法。

蒂蒂：“这个主张很难反驳，因为 A 的确取得 2 分，B 的确取得 1 分，这是不争的事实，而 B 主张根据该事实分配奖金。而且，得分高的人获胜的可能性本来就比较高……”

我：“但是，根据得分比例分配奖金的方法也有问题。若比赛在 A 得 2 分，B 得 0 分的情况下中断，则 A 的得分比例会是 $\frac{2}{2}$，即获得所有奖金，B 的得分比例会是 $\frac{0}{2}$ 一毛钱都拿不到。这样也很奇怪吧，如果比赛继续不中断，0 分的 B 也有可能后来居上。”

蒂蒂：“这么说也是。果然，还是得明确‘合适’的定义才行。”

我：“我们前面讨论的是‘获胜的可能性’，认为继续比赛时获胜可能性大的人应该获得比较多的奖金。”

蒂蒂："是的，我也这么想。"

我："这样讨论的话，可联想到分别计算 A 获胜的概率和 B 获胜的概率，根据获胜概率分配奖金。"

根据获胜概率分配的方法

假设比赛继续不中断，假设事件 A 和 B 分别为

$$A = \text{A 获胜的事件}$$
$$B = \text{B 获胜的事件}$$

A 获胜的概率为 $Pr(A)$、B 获胜的概率为 $Pr(B)$。然后，根据获胜概率分配奖金。换言之，A 和 B 获得的奖金分别为

$$\text{奖金} \times Pr(A) \text{和奖金} \times Pr(B)$$

蒂蒂："我明白根据概率分配奖金的意思，但不是应该这样分配吗？"

$$\text{奖金} \times \frac{Pr(A)}{Pr(A)+Pr(B)} \text{和奖金} \times \frac{Pr(B)}{Pr(A)+Pr(B)}$$

我："对，但 $Pr(A)+Pr(B)=1$，所以是在说同一件事情。"

蒂蒂："啊，对哦……好的。这样我们就能够直观理解，获得的奖金金额是全部奖金乘上获胜概率。不过，这样分配较为'合适'的根据是什么？"

我：“嗯，会有这个疑问很正常。首先，根据概率分配的方法，并非现实世界中唯一绝对的方法，因为怎么样算是‘合适’基本上是由比赛当事人决定的。”

蒂蒂：“这我懂，但还是在意背后的根据。”

我：“这个嘛……所谓的概率，就是统计可能发生的未来。”

蒂蒂：“统计可能发生的未来？”

我：“是的。我们试着讨论 A 获胜的概率 $Pr(A)$ 和 B 获胜的概率 $Pr(B)$ 是什么样的概念吧。比赛中断时的状况是‘A 取得 2 分和 B 取得 1 分’，假设将该状态称为‘起始点’。若从‘起始点’继续比赛，存在 A 获胜的未来，也存在 B 获胜的未来。”

蒂蒂：“是的，没有人知道未来会如何。”

我：“不过，分出胜负后，再次回到‘起始点’继续比赛，也就是再从‘A 取得 2 分，B 取得 1 分’的状态开始。分出胜负后，再次回到‘起始点’。反复进行这个操作，并统计胜利的次数。此时，A 获胜的未来和 B 获胜的未来的比例会如何呢？”

蒂蒂：“反复回到‘起始点’……意思是倒退时间吗？”

我：“没错。当然，现实中没办法像科幻小说那样做到时光跳跃，所以说到底也只是想象中的情况。我们在讨论概率的时候，肯定会出现反复的操作。正如同我们反复掷硬币、骰子一样，讨论返回‘起始点’继续比赛。”

蒂蒂："原来如此……学长，这是将从'起始点'到分出胜负当作一个'试验'？"

我："对，对，就是这么回事。从'起始点'开始，反复掷硬币，决定 A 和 B 的胜负。若要比喻，则可以将这个过程看作'掷能够一次定胜负的特别的硬币的试验'。这枚特别的硬币有两面，掷后肯定出现其中一面，但这枚硬币并不公平，掷出一面的概率为 $Pr(A)$，掷出另一面的概率为 $Pr(B)$。这会变成关于这枚特别的硬币的讨论。"

蒂蒂："原来如此！这样想的话，就能够关联'比赛中断后 A 和 B 如何分配奖金'和'掷特别的硬币两个面容易出现的程度'这两个问题了。"

我："没错。除了穿越时空反复回到'起始点'，也有其他的思考方式哦。将从'起始点'开始所有可能发生的情况复制成不同的世界，讨论在多个世界中，A 的获胜概率是多少。虽然这也像是科幻小说。"

蒂蒂："是的，不过这很容易想象。只要将奖金分配给多个世界，在 A 获胜的世界里由 A 获得奖金，在 B 获胜的世界里由 B 获得奖金——这是将概率当作比例来分配奖金嘛。"

我："这正是概率分布 Pr 的名称的由来。"

蒂蒂："啊！"

我："若认同根据获胜概率来分配奖金是"合适"的，就能够将该问题当作概率问题来求解。”

问题 5-1（转化成概率问题的“未分胜负的比赛”）

A 和 B 两人反复掷公平的硬币来进行比赛，起初两人的分数皆为 0 分。

- 若掷出正面，则 A 得到 1 分。
- 若掷出反面，则 B 得到 1 分。

先取得 3 分的人获胜，能够获得所有奖金。然而，比赛进行到一半时中断，此时决定将奖金分给 A 和 B 两人。已知比赛中断的时候，

- A 的分数为 2 分；
- B 的分数为 1 分。

假设事件 A 和事件 B 分别为

$$A = \text{A 获胜的事件}$$
$$B = \text{B 获胜的事件}$$

请分别求出 A 获胜的概率 $Pr(A)$ 和 B 获胜的概率 $Pr(B)$ 。

蒂蒂：“好的，我明白了。”

我：“求得问题 5-1 中的 $Pr(A)$ ，就能够求得 B 获胜的概率，因为 $Pr(B) = 1 - Pr(A)$ 。若认为根据概率分配奖金是合适的，

则可由 $Pr(A)$ 和 $Pr(B)$ 求获得的奖金。”

蒂蒂：“只要画出这样的图，就能够求解吗？”

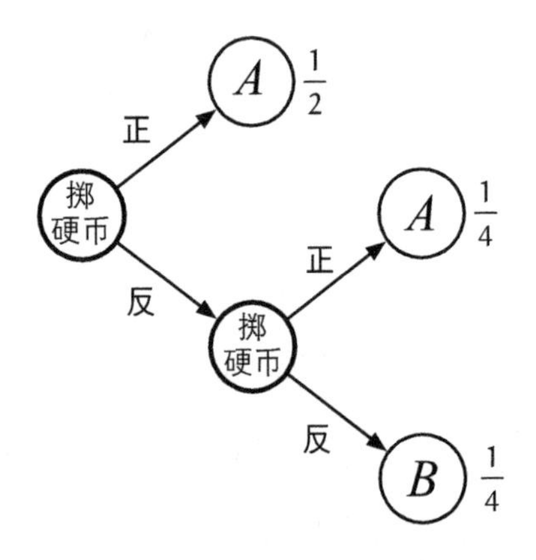

求概率 $Pr(A)$ 和 $Pr(B)$ 的图形

我：“没错！”

蒂蒂：“画出掷出硬币正面往 ↗ 前进、掷出硬币反面往 ↘ 前进的图形。依次讨论掷硬币的情况。

- 掷硬币。
    - 若掷出正面，则 A 获胜（概率为 $\frac{1}{2}$）。
    - 若掷出反面，则再掷硬币一次。
        - 若掷出正面，则 A 获胜（概率为 $\frac{1}{2}\times\frac{1}{2}=\frac{1}{4}$）。
        - 若掷出反面，则 B 获胜（概率为 $\frac{1}{2}\times\frac{1}{2}=\frac{1}{4}$）。

因此，A 和 B 的获胜概率分别是

$$Pr(A)=\frac{1}{2}+\frac{1}{4}=\frac{3}{4},\quad Pr(B)=\frac{1}{4}$$

解答 5-1（转化成概率问题的“未分胜负的比赛”）

$$Pr(A)=\frac{3}{4},\quad Pr(B)=\frac{1}{4}$$

我：“嗯，这样就行了。”

蒂蒂：“我觉得这种图形和讨论条件概率时的表格，都是为了了解‘以什么为整体’。”

我：“哦？”

蒂蒂：“学长不是说过，我误解了‘以什么为整体’吗（第 156 页）？”

我：“是的。”

蒂蒂：“从那之后，我就一直注意不要光看问题所写的那部分，而要讨论‘以什么为整体’。”

我：“这很棒哦，蒂蒂。对了，看到蒂蒂的解答，我突然想到将这个问题一般化会如何呢？”

蒂蒂：“一般化……吗？”

5.3 一般化“未分胜负的比赛”

我：“嗯，是的。问题 5-1 是从 A 取得 2 分、B 取得 1 分的状态，继续进行比赛，先取得 3 分的人获胜。所以，将这个一般化——”

蒂蒂：“我明白了。‘导入变量一般化’嘛，将具体的分数换成字母。”

先取得 3 分的人获胜→先取得 N 分的人获胜

比赛中断时，A 取得 2 分→比赛中断时，A 取得 A 分

比赛中断时，B 取得 1 分→比赛中断时，B 取得 B 分

我：“嗯，没错。虽然这样讨论下去也可以，但改变一下文字叙述的角度可能会比较好。”

蒂蒂：“啊？”

我：“比起‘比赛中断时的得分’，描述成距离获胜相差的‘剩余得分’感觉会比较好。”

蒂蒂：“怎么说？”

我：“因为确定获胜者是在‘剩余得分’变为 0 的时候。若按照你的写法，A 获胜的条件是式子 $A=N$ 或者 $N-A=0$。不过，若用小写字母 a 表示 A 的‘剩余得分’，A 获胜的条件会变成 $a=0$。虽然是描述相同的事情，但后者的式子比较简洁。”

蒂蒂：“式子越简洁越好嘛。”

我：“是的，那试着分别用小写字母 a 和 b 表示 A 和 B 距离获胜相差的‘剩余得分’吧。”

问题 5-2（一般化“未分胜负的比赛”）

A 和 B 两人反复掷公平的硬币来进行比赛，起初两人的分数皆为 0 分。

- 若掷出正面，则 A 得到 1 分。
- 若掷出反面，则 B 得到 1 分。

先取得某分数的人获胜，能够获得所有奖金。然而，比赛进行到一半时中断，此时决定将奖金分给 A 和 B 两人。已知比赛中断的时候，

- A 距离获胜相差 a 分；
- B 距离获胜相差 b 分。

试求 A 获胜的概率 $P(a, b)$ 和 B 获胜的概率 $Q(a, b)$。其中，a 和 b 皆为不小于 1 的整数。

蒂蒂：“若按照我的想法，这个问题要用到 N、A、B 三个字母，但问题 5-2 只需要用到 a 和 b 两个字母。”

问题 5-1	→	问题 5-2
先取得 3 分的人获胜	→	先取得某分数的人获胜

比赛中断时，A 取得 2 分 → 比赛中断时，A 还差 a 分获胜

比赛中断时，B 取得 1 分 → 比赛中断时，B 还差 b 分获胜

我：“是的。你是以‘先取得 N 分的人获胜’为题目的描述，但转换成‘距离胜利相差的剩余得分’a 和 b，就不再需要 N 了。”

蒂蒂：“原来如此……话说回来，为什么概率不用 $Pr(A)$ 和 $Pr(B)$，表示而是用 $P(a, b)$ 和 $Q(a, b)$？”

我：“不，这没有什么特别的含义。$Pr(A)$ 和 $Pr(B)$ 是‘A 获胜的概率’和‘B 获胜的概率’，里面没有出现剩余得分 a 和 b。”

蒂蒂：“也是，是这样没错。”

我：“不过随着讨论的进行，后面会想将具体的数代入 a 和 b，所以才想将概率表示成有关 a 和 b 的函数 $P(a, b)$ 和 $Q(a, b)$ 会比较好。”

蒂蒂：“啊……”

我：“例如，你在前面解答 5-1 时回答的 $Pr(A)=\frac{3}{4}$，在问题 5-2 中会是 $a=1$、$b=2$ 的情况。换言之，问题 5-1 的 $Pr(A)$ 可用问题 5-2 中的函数 P 表示成

$$Pr(A) = P(1,\ 2)$$

的形式。”

蒂蒂：“好的，我明白了。式子 $P(1, 2)$ 表示‘A 还差 1 分、B 还差 2 分获胜时，A 获胜的概率’，所以

$$Pr(A) = P(1,\ 2) = \frac{3}{4}$$

B 获胜的概率是 A 败北的概率，所以

$$Pr(B) = Q(1,\ 2) = 1 - P(1,\ 2) = \frac{1}{4}$$

想求的概率是 $\frac{1}{4}$。”

我：“没错。因此，问题 5-2 的确可以说是问题 5-1 的一般化。话说回来，你会怎么求解一般化的问题 5-2 呢？”

蒂蒂：“嗯……我会像这样先回答波利亚老师的‘提问’。”

- “题目给出了什么？”……题目给出了 a 和 b。
- “目标是什么？”……目标是概率 $P(a, b)$ 和 $Q(a, b)$。

我：“不错。我们的目标是使用 a、b 表示 $P(a, b)$ 和 $Q(a, b)$，也就是使用给出的条件表达想求的目标。”

蒂蒂：“嗯，是的！可是……老实说，字母增多后，反而不知道该从哪里着手。”

我：“这是你经常出现的毛病哦。”

蒂蒂：“哎！”

我：“你总是想一开始就跟增多的字母对决，马上就思考一般化的情况，但明明‘从小的数尝试’会比较顺利。”

蒂蒂：“啊！真的我的确有这个毛病。看着学长和米尔迦学姐巧妙地操弄字母来变换式子，不小心就想做到同样的事情……常常感到一个头两个大。”

蒂蒂将手放到头上，做出“一个头两个大”的姿势。

我：“嗯，所以即便做法很烦锁，也光‘从小的数尝试’的方法开始吧，尤其是一般化的问题更要这么做。米尔迦和我也都是‘从小的数尝试’的方法走过来的哦。”

5.4 从小的数尝试（$P(1, 1)$）

蒂蒂：“那么，先研究函数 P，讨论

$$P(1, 1) = ?$$

$P(1, 1)$ 是从‘A 还差 1 分、B 还差 1 分获胜’的状态继续比赛时 A 获胜的概率……”

我：“是的。”

蒂蒂：“这很简单。因为再掷硬币 1 次，就能够决定 A 还是 B 获胜，掷出正面则 A 获胜，掷出反面则 B 获胜，所以

$$P(1, 1) = \frac{1}{2}$$

想求的概率是 $\frac{1}{2}$。”

我：“没错，那么接着讨论 $P(2, 1)$。”

5.5　从小的数尝试（$P(2, 1)$）

$$P(2, 1) = ?$$

蒂蒂："$P(2, 1)$ 是从‘A 还差 2 分、B 还差 1 分获胜’的状态继续比赛时 A 获胜的概率，所以再掷硬币 1 次时，若掷出正面，还无法确定谁获胜。但是，如果掷出反面，则是 B 获胜。啊！这可从前面图形的变形看出来。"

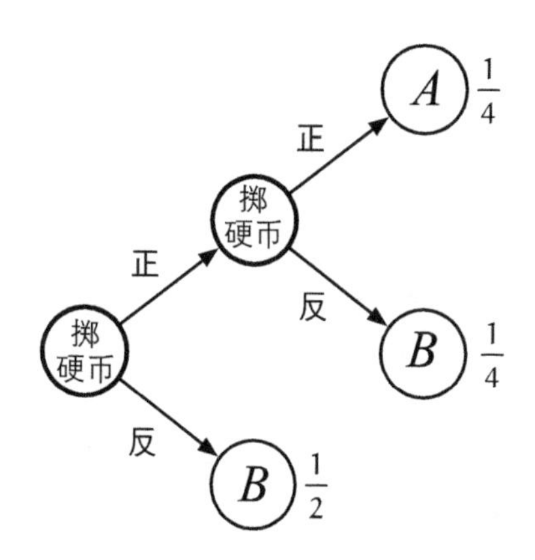

求 $P(2,1)$ 的图形

我："没错。"

蒂蒂："因此，$P(2, 1)$ 等于连续掷出 2 次正面的概率，

$$P(2, 1) = \frac{1}{4}$$

这样对吧？”

我：“……”

蒂蒂：“错……错了吗？”

我：“不，没有错。你刚才说了很重要的事情：‘可从前面图形的变形看出来。’”

蒂蒂：“是的，将其上下翻转后就是一样的图形，A 和 B 互换，正反面也颠倒过来。”

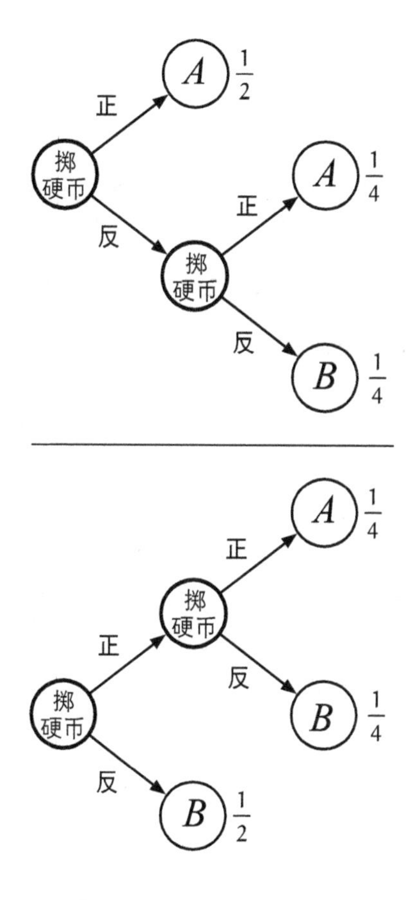

求 $P(1, 2)$ 和 $P(2, 1)$ 的图形

我：“这是因为这个概率具有对称性。若交换 A 和 B 的剩余得分，同时也交换获胜的人，则概率的数值也会一样。换言之，

$$P(1, 2)=Q(2, 1)$$

若用文字描述，会是这样。”

A 还差 1 分、 B 还差 2 分获胜时， A 获胜的概率	=	A 还差 2 分、 B 还差 1 分获胜时， B 获胜的概率

蒂蒂：“啊，的确是这样。$P(1,\ 2) = \frac{3}{4}$，$Q(2,\ 1) = 1 - P(2,\ 1) = \frac{3}{4}$，

图形一样但文字的部分对调。

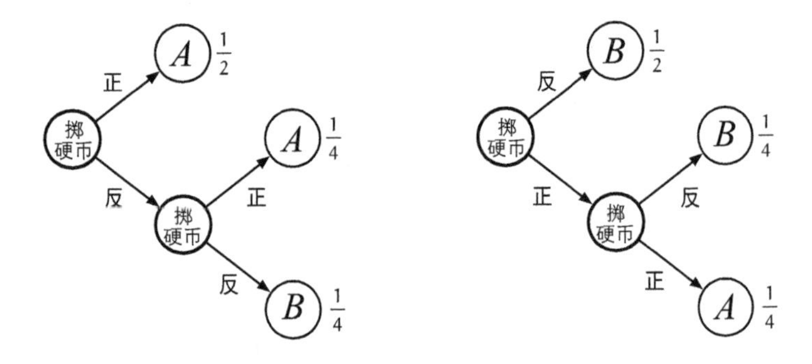

但是，这……很重要吗？”

5.6 从小的数尝试的目的

我：“我们的目标是求函数 P 和 Q，所以研究两者具有什么样的性质很重要哦。

$$P(a,\ b) = Q(b,\ a)$$

它们具有这样的性质。”

蒂蒂："……"

我："我们正在'从小的数尝试'的路上。为什么从小的数尝试呢？因为我们才刚开始名为一般化问题的冒险，必须确认是否能理解一般化的问题。"

蒂蒂："嗯，说的也是。'举例是理解的试金石'嘛。"

我："是的。举出例子来确认是否真正理解，但不仅如此。"

蒂蒂："不仅如此……"

我："嗯。'从小的数尝试'并非'永无止境地尝试'，而是在尝试过程中注意到什么，从中发现规律，这样就'已经无须再尝试'了。"

蒂蒂："注意到什么……能说得具体一点吗？"

我："例如刚才 $P(a, b)=Q(b, a)$ 的性质，可以从中发现函数 P 和 Q 满足什么样的式子。"

蒂蒂："原来如此，的确如同学长所说。我们尝试代入具体的数值，从中发现函数 P 的性质……嗯，到目前为止，关于函数 P 已经知道了这些事情。"

$$P(1, 1)=\frac{1}{2}$$

$$P(1, 2)=\frac{3}{4}$$

$$P(2, 1)=\frac{1}{4}$$

$$P(2, 1)=Q(1, 2)$$

我：“是的。然后，对于不小于 1 的任意整数 a、b，满足

$$P(a,b)=Q(b,a)$$

嗯，这样想来，$P(1,1)=\frac{1}{2}$也是理所当然的。当 $a=b=1$ 时，$P(1,1)=Q(1,1)=1-P(1,1)$，所以 $P(1,1)=1-P(1,1)$。换言之，

$$2P(1,1)=1$$

整理后，

$$P(1,1)=\frac{1}{2}$$

同理，

$$P(1,1)=P(2,2)=P(3,3)=\cdots=\frac{1}{2}$$

它们都是$\frac{1}{2}$。”

蒂蒂：“原来如此。A 和 B 的剩余得分相同时，A 获胜的概率的确是$\frac{1}{2}$。当 $a=b$ 时，结果也是

$$P(a,b)=\frac{1}{2}$$

相当于同分时平分奖金。”

我：“是的，然后这里可以发现非常重要的关系哦。在计算 $P(2,1)$

的时候，会出现 $P(1, 1)$。”

蒂蒂：“咦？”

我：“你前面讨论过 $P(2, 1)$ 嘛。从‘A 还差 2 分、B 还差 1 分获胜’的状态继续掷硬币，若掷出正面，则‘A 和 B 皆为还差 1 分获胜’。在这样的状态下，A 获胜的概率会是 $P(1, 1)$。”

蒂蒂：“的确是这样。啊！这也是函数 P 的性质吗？”

我：“是的。

$$P(2, 1) = \frac{1}{2} P(1, 1)$$

我们可以发现这个式子成立。”

蒂蒂比较了图形和我的式子好几次。

蒂蒂：“……原来如此！学长，学长，这就像是照着图形列出式子嘛。”

5.7　图形与式子的对应

我：“照着图形列出式子，的确。”

蒂蒂：“学长写的式子 $P(2, 1) = \frac{1}{2} P(1, 1)$，可以直接对应图形哦。左边的 $P(2, 1)$ 会是这样。”

$$P(2,\ 1) = \boxed{\begin{array}{l}\text{A 还差 2 分、}\\ \text{B 还差 1 分获胜时，}\\ \text{A 获胜的概率}\end{array}}$$

我：“没错，就如同函数 P 的定义。”

蒂蒂：“然后，右边的 $\frac{1}{2}P(1,\ 1)$ 会是

$$\frac{1}{2}P(1,\ 1) = \boxed{\text{掷出正面的概率}\ \frac{1}{2}} \times \boxed{\begin{array}{l}\text{A 还差 2 分、}\\ \text{B 还差 1 分获胜时，}\\ \text{A 获胜的概率}\end{array}}$$

正好可看作从 $P(2,\ 1)$ 沿着图形上 $\frac{1}{2}$ 所在的箭头向 $P(1,\ 1)$ 前进。感觉像是将图形翻译成式子。”

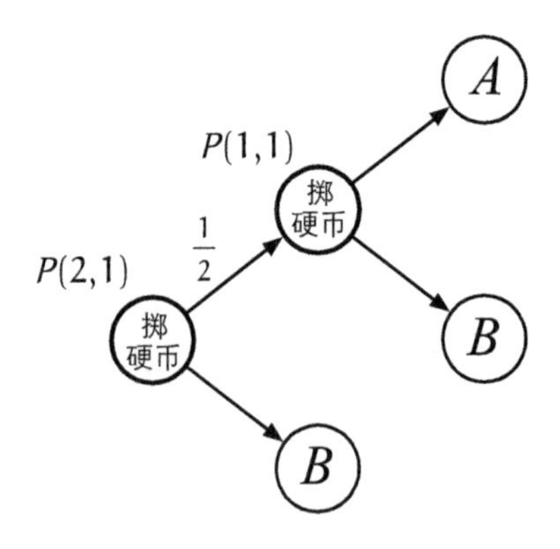

$$P(2,\ 1)=\frac{1}{2}P(1,\ 1)$$

我："对，对。就像看着图形一步步列出式子。一边确认与图形的一致性，一边列出式子。你是这个意思吗？"

蒂蒂："嗯，是的。阅读式子时能够浮现出'具体的描述'，左边 $P(2, 1)$ 的 2 表示'A 还差 2 分获胜'。前进到右边时这个 2 变成 $P(1, 1)$ 的 1，表示情况变成'A 还差 1 分获胜'。因为掷出正面后，情况跟着改变了。"

我："是的。"

蒂蒂："掷出正面时，A 会再拿到 1 分。这样一来，A 距离获胜相差的剩余分数从 2 分变为 1 分。这个变化被翻译成从 $P(2, 1)$ 变为 $P(1, 1)$。"

我："嗯，看来你确实掌握式子的意思了。"

蒂蒂："……等一下。其他情况也是这样吗？例如，前面计算的 $P(1, 2)$。"

$$P(1,\ 2)=\frac{3}{4}$$

我："嗯，是的。$P(1, 2)$ 的情况也像是照着图形列出式子。"

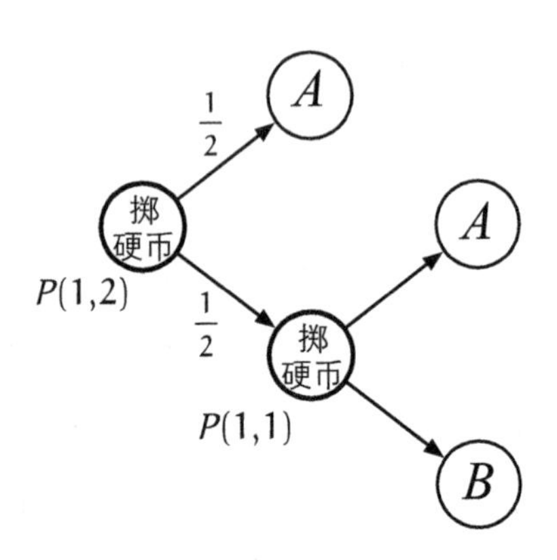

$$P(1,\ 2)=\frac{1}{2}+\frac{1}{2}P(1,\ 1)$$

蒂蒂：“啊，的确是这样。这个式子是两个数相加，但分别对应硬币的正反面。”

$$P(1,\ 2)=\underbrace{\frac{1}{2}}_{\text{掷出正面}}+\underbrace{\frac{1}{2}P(1,\ 1)}_{\text{掷出反面}}$$

我：“对，没错。”

蒂蒂：“学长，我可以说件理所当然的事情吗？”

我：“当然可以，请说。”

蒂蒂：“这里出现相加，是因为互斥的关系吗？讨论掷硬币 1 次的试验时，掷出正面和掷出反面是互斥事件。所以，

$$P(1,\ 2)=\frac{1}{2}+\frac{1}{2}P(1,\ 1)$$

右边会是两数相加的形式。”

我：“是的。这是互斥情况的加法定理。”

蒂蒂：“$P(2, 1)$ 和 $P(1, 2)$ 会是这样……哎？”

$$P(2,\ 1)=\frac{1}{2}P(1,\ 1)$$
$$P(1,\ 2)=\frac{1}{2}+\frac{1}{2}P(1,\ 1)$$

蒂蒂说到一半就停了下来，边咬着指甲边盯着式子，貌似注意到了什么奇怪的地方。

5.8　蒂蒂注意到的地方

蒂蒂：“这两个式子 $P(2, 1)$ 和 $P(1, 2)$，只是交换 A 和 B 的剩余分数，但右边的式子形式不一样。为什么不是同样的形式呢？”

$$P(2,\ 1)=\frac{1}{2}P(1,\ 1)$$
$$P(1,\ 2)=\frac{1}{2}+\frac{1}{2}P(1,\ 1)$$

我：“很简单哦。$P(a, b)$ 是‘A 还差 a 分、B 还差 b 分获胜时，A 获胜的概率’，因为是关注 A 获胜的概率，所以交换后形式当然会不一样。”

蒂蒂：“原来如此，说的也是。我应该要注意式子代表什么含义才对。”

我：“嗯，若是要相同的式子形式，可以这样改写哦。注意多出来的 0 和 1。”

$$\begin{cases} P(2,\ 1)=\dfrac{1}{2}\times P(1,\ 1)+\dfrac{1}{2}\times 0 \\ P(1,\ 2)=\dfrac{1}{2}\times 1 \qquad\quad +\dfrac{1}{2}\times P(1,\ 1) \end{cases}$$

蒂蒂：“这是？”

我：“看得懂吗？”

蒂蒂：“看不太懂。一个数乘上 1 是它本身，乘上 0 会变成 0。”

我：“0 表示‘B 已经确定获胜，所以 A 获胜的概率为 0’；1 表示‘A 已经确定获胜，所以 A 获胜的概率为 1’。像这样明确写出 0 和 1 后，就能够看出是剩余分数交换后的式子形式。”

蒂蒂：“我明白了！数学式真是有趣。”

我：“嗯，没错。将 0 和 1 换成函数 P，会更容易理解吧。”

$$\begin{cases} P(2,\ 1)=\dfrac{1}{2}P(1,\ 1)+\dfrac{1}{2}P(2,\ 0) \\ P(1,\ 2)=\dfrac{1}{2}P(0,\ 2)+\dfrac{1}{2}P(1,\ 1) \end{cases}$$

蒂蒂：“出现了 $P(2, 0)$ 和 $P(0, 2)$……这是？”

我：“嗯。定义 $P(2,\ 0)=0$、$P(0,\ 2)=1$，可具体表示数值 0、1 的意义。”

蒂蒂：“学长，这不太对啊。问题 5-2 有附加条件：$P(a, b)$ 的 a 和

b 必须是不小于 1 的整数。这样的话，不能够像 $P(2, 0)$、$P(0, 2)$ 这样里面出现 0 吧？”

我：“是的，所以我们现在要扩大函数 P 的定义域来讨论。”

蒂蒂：“扩大……”

5.9　扩大函数的定义域来讨论

我：“问题 5-2 会假设 a 和 b 为不小于 1 的整数，是因为认为 0 没有意义。若 $a=0$，则 A 确定获胜；若 $b=0$，则 A 确定败北，根本不需要计算概率。”

蒂蒂：“嗯，我也这么认为。”

我：“不过，定义 $P(a, 0)=0$ 和 $P(0, b)=1$ 具有一贯性，并没有错误哦。”

蒂蒂：“这个一贯性是什么意思？”

我：“意思是定义 $P(a, 0)=0$ 并不奇怪。因为 A 已经确定败北，所以定义 A 获胜的概率为 0。”

蒂蒂：“啊，的确是这样。反过来 $P(0, b)=1$，因为 A 已经确定获胜，所以定义 A 获胜的概率为 1。”

我：“是的。虽然刚才说根本不需要计算概率，但在讨论式子时具有重要的意义。”

蒂蒂：“嗯。对啊！这跟讨论不可能事件、必然事件的时候相似，将‘绝不会发生’‘肯定发生’的情况也当作事件来讨论（第 90 页）。”

我：“没错，应该一开始就要加上这样的条件。”

蒂蒂：“这样的式子非常清楚易懂。”

$$P(2,\ 1)=\frac{1}{2}P(1,\ 1)+\frac{1}{2}P(2,\ 0)$$
$$P(1,\ 2)=\frac{1}{2}P(0,\ 2)+\frac{1}{2}P(1,\ 1)$$

我：“对了，若定义 $P(a, 0)=0$ 和 $P(0, b)=1$，则 $P(1, 0)=0$、$P(0, 1)=1$，刚才计算的 $P(1, 1)$ 也可表示成一样的形式。你看。”

$$P(1,\ 1)=\frac{1}{2}P(0,\ 1)+\frac{1}{2}P(1,\ 0)$$

蒂蒂：“$P(1, 1)$ 是 $\frac{1}{2}$ 嘛。因为掷硬币后，若掷出正面则 A 获胜。”

我：“嗯，计算结果也相符合。”

$$\begin{aligned}P(1,\ 1)&=\frac{1}{2}P(0,\ 1)+\frac{1}{2}P(1,\ 0) && \text{由上式得到}\\&=\frac{1}{2}\times 1+\frac{1}{2}\times 0 && \text{由 } P(0, 1)=1\text{、}P(1, 0)=0 \text{ 得到}\\&=\frac{1}{2} && \text{整理计算}\end{aligned}$$

蒂蒂：“的确。我前面只想到‘掷硬币后，若掷出正面则 A 获胜’，但

$$P(1,\ 1)=\frac{1}{2}P(0,\ 1)+\frac{1}{2}P(1,\ 0)$$

这个式子能够更清楚地描述情况——‘掷出正面且 A 获胜的事件’和‘掷出反面且 A 获胜的事件’是互斥事件。‘掷出反面且 A 获胜的事件’在这里是不可能事件。”

我：“对，对，你理解得很清楚。”

蒂蒂：“学长总是这样鼓励我，谢谢你。”

我：“因为你很努力啊。然后，嗯……‘成为朋友’了吗？”

蒂蒂：“嗯，感谢学长一直都对我很好。”

蒂蒂这么说后就低下头。

我：“咦？不，我是在说函数 P……”

蒂蒂：“啊！‘朋友’是指函数 P 吗？真丢脸。”

我：“不，我才要感谢你一直都对我很好。”

蒂蒂：“不，不会。……我才是。”

我们互相弯腰鞠躬。

5.10 函数 *P* 的性质

我：“多亏你仔细探讨了式子，我们才能够扩大函数 P 的定义域，得知函数 P 满足这个递归关系式，更进一步地了解了函数 P。”

函数 P 满足的递归关系式

函数 P 满足下述的递归关系式：

$$\begin{cases} P(0,\ b)=1 \\ P(a,\ 0)=0 \\ P(a,\ b)=\frac{1}{2}P(a-1,\ b)+\frac{1}{2}P(a,\ b-1) \end{cases}$$

其中，a 和 b 皆为不小于 1 的整数（1、2、3……）。

蒂蒂：“好的……”

蒂蒂一个个确认递归关系式。

我：“你应该能够说明这个递归关系式对应‘未分胜负的比赛’的什么地方吧？这个 0 代表什么意思？这个 1 代表什么意思？这个 $\frac{1}{2}$ 又代表什么意思……”

蒂蒂：“嗯，我应该全部都能够说明。从小的数尝试很重要，接着构思图形、动手计算、仔细思考式子所代表的意思。”

我：“是的。那么，终于准备好求问题 5-2 中的函数 P 和 Q 了。”

蒂蒂：“一般化‘未分胜负的比赛’问题。”

问题 5-2（重提一般化“未分胜负的比赛”）

A 和 B 两人反复掷公平的硬币来进行比赛，起初两人的分数皆为 0 分。

- 若掷出正面，则 A 得到 1 分。
- 若掷出反面，则 B 得到 1 分。

先取得某分数的人获胜，能够获得所有奖金。然而，比赛进行到一半时中断，此时决定将奖金分给 A 和 B 两人。已知比赛中断的时候，

- A 距离获胜相差 a 分；
- B 距离获胜相差 b 分。

试求 A 获胜的概率 $P(a, b)$ 和 B 获胜的概率 $Q(a, b)$。其中，a 和 b 皆为不小于 1 的整数。

我：“虽然列出递归关系式了，但这里还没有用 a 和 b 表示 $P(a, b)$。”

蒂蒂：“等等，我确认一下，给出具体的 a 和 b 后，就能够用递归关系式实际计算 $P(a, b)$ 吧？”

我：“没错。使用我们列出的递归关系式后，能够用 $P(a-1, b)$ 和 $P(a, b-1)$ 表示 $P(a, b)$。反复递归下去，最后会变成 $P(0, \ast)$

和 $P(\bigstar, 0)$ 的组合形式，假设 $\ast$、$\bigstar$ 是不小于 1 的整数，就能够计算。”

蒂蒂：“好的，还好跟我想的一样。”

我：“因为有递归关系式，所以只要给出具体的 a 和 b，就能够计算 $P(a, b)$。不过，我们想更近一步，推导出‘包含 a 和 b，但不包含 P 的式子’。”

蒂蒂：“好的，我们的目标是只用 a 和 b 表示 $P(a, b)$ 吗？可是，究竟该怎么做才好呢？”

我：“嗯，我已经看出大概的方向了。”

蒂蒂：“我看不出来……这需要天赋才能够看出来吗？”

我：“不，这跟天赋没有关系。”

蒂蒂：“但是，没有‘头绪’就做不下去吧。”

我：“那么，再次‘从小的数尝试’来寻找‘头绪’吧！”

蒂蒂：“咦！”

我：“这是你刚才说过的哦。给出具体的 a 和 b 后，能够用递归关系式计算 $P(a, b)$。这样的话，在具体讨论的过程中，可能会发现‘头绪’也说不定。例如，试着根据递归关系式计算 $P(2, 2)$，可知答案是 $\frac{1}{2}$。”

5.11　计算 $P(2, 2)$ 的值

函数 P 满足的递归关系式（重提）

函数 P 满足下述的递归关系式：

$$\begin{cases} P(0, b)=1 \\ P(a, 0)=0 \\ P(a, b)=\frac{1}{2}P(a-1, b)+\frac{1}{2}P(a, b-1) \end{cases}$$

其中，a 和 b 皆为不小于 1 的整数（1、2、3……）。

蒂蒂：“为了找到解开递归关系式的线索，试着使用递归关系式计算 $P(2, 2)$ 吗？的确如此，这个我也能够马上做出来，放心交给我吧！”

$$\begin{aligned} P(2, 2) &= \frac{1}{2}P(1, 2)+\frac{1}{2}P(2, 1) && \text{由递归关系式得到} \\ &= \frac{1}{2}(P(1, 2)+P(2, 1)) && \text{提出 } \frac{1}{2} \end{aligned}$$

我：“嗯，使用递归关系式再提出 $\frac{1}{2}$。”

蒂蒂：“是的。反复这样递归下去后，$P(1, 2)$ 和 $P(2, 1)$ 能够表示成下式，a 和 b 逐渐减小，每次减 1。

$$P(1,\ 2)=\frac{1}{2}P(0,\ 2)+\frac{1}{2}P(1,\ 1)$$

$$P(2,\ 1)=\frac{1}{2}P(1,\ 1)+\frac{1}{2}P(2,\ 0)$$

所以，我们能够代入 $P(1,2)$ 和 $P(2,1)$。”

$$\begin{aligned}
P(2,\ 2)&=\frac{1}{2}(P(1,\ 1)+P(2,\ 1)) \quad \text{由上式得到}\\
&=\frac{1}{2}(\frac{1}{2}P(1,\ 2)+\frac{1}{2}P(1,\ 1))+\frac{1}{2}(\frac{1}{2}P(1,\ 1)+\frac{1}{2}P(2,\ 0)) \quad \text{代入后}\\
&=\frac{1}{2}\cdot\frac{1}{2}(P(0,\ 2)+P(1,\ 1)+P(1,\ 1)+P(2,\ 0)) \quad \text{提出}\frac{1}{2}\\
&=\frac{1}{4}(P(0,\ 2)+P(1,\ 1)+P(1,\ 1)+P(2,\ 0)) \quad \text{关注同类项}\\
&=\frac{1}{4}(P(0,\ 2)+2P(1,\ 1)+P(2,\ 0)) \quad \text{相加（♡）}\\
&=\frac{1}{4}(1+2P(1,\ 1)+0) \quad \text{由}P(0,\ 2)=1\text{、}P(2,\ 0)=0\text{得到}
\end{aligned}$$

我：“原来如此。”

蒂蒂：“然后，我们能够将 $P(1,\ 1)=\frac{1}{2}P(0,\ 1)+\frac{1}{2}P(1,\ 0)$ 代入 $P(1,1)$。”

$$\begin{aligned}
P(2,\ 2)&=\frac{1}{4}(1+2P(1,\ 1)+0) \quad \text{由上式得到}\\
&=\frac{1}{4}(1+2(\frac{1}{2}P(0,\ 1)+\frac{1}{2}P(1,\ 1))+0) \quad \text{代入后}\\
&=\frac{1}{4}(1+P(0,\ 1)+P(1,\ 0)+0)\\
&=\frac{1}{4}(1+1+0+0) \quad \text{由}P(0,\ 1)=1\text{、}P(1,\ 0)=0\text{得到}\\
&=\frac{1}{2}
\end{aligned}$$

我："看来计算得很顺利嘛。"

蒂蒂："嗯，最后真的变成 $\frac{1}{2}$ 了，但……"

我："有什么在意的地方吗？"

蒂蒂："……不，没有。"

我："那么，再尝试——"

蒂蒂："好的，这次换成尝试 $P(3, 3)$。"

5.12　计算 $P(3, 3)$ 的过程

$$
\begin{aligned}
P(3,\ 3) &= \frac{1}{2}P(2,\ 3) + \frac{1}{2}P(3,\ 2) && \text{由递归关系式得到} \\
&= \frac{1}{2}(P(2,\ 3) + P(3,\ 2)) && \text{提出}\frac{1}{2} \\
&= \frac{1}{2}(\frac{1}{2}P(1,\ 3) + \frac{1}{2}P(2,\ 2)) + \frac{1}{2}(\frac{1}{2}P(2,\ 2) + \frac{1}{2}P(3,\ 1)) && \text{代入后} \\
&= \frac{1}{2}\cdot\frac{1}{2}(P(1,\ 3) + P(2,\ 2) + P(2,\ 2) + P(3,\ 1)) && \text{提出}\frac{1}{2} \\
&= \frac{1}{4}(P(1,\ 3) + P(2,\ 2) + P(2,\ 2) + P(3,\ 1)) && \text{关注同类项} \\
&= \frac{1}{4}(P(1,\ 3) + 2P(2,\ 2) + P(3,\ 1)) && \text{相加（♣）} \\
&= \cdots
\end{aligned}
$$

我："啊！等一下，蒂蒂。"

蒂蒂："咦！算错了吗？"

我："$P(2, 2)$ 也出现了类似的式子形式哦。"

$$P(2,\ 2)=\frac{1}{4}(P(0,\ 2)+2P(1,\ 1)+P(2,\ 0))$$ 由♡得到（第 212 页）

$$P(3,\ 3)=\frac{1}{4}(P(1,\ 3)+2P(2,\ 2)+P(3,\ 1))$$ 由♣得到

蒂蒂：“啊，真的好像诶。为什么呢？啊！我知道了。这跟掷硬币 2 次掷出‘正反’或者‘反正’一样，只差在 A 和 B 的剩余得分逐渐减少的顺序不同。”

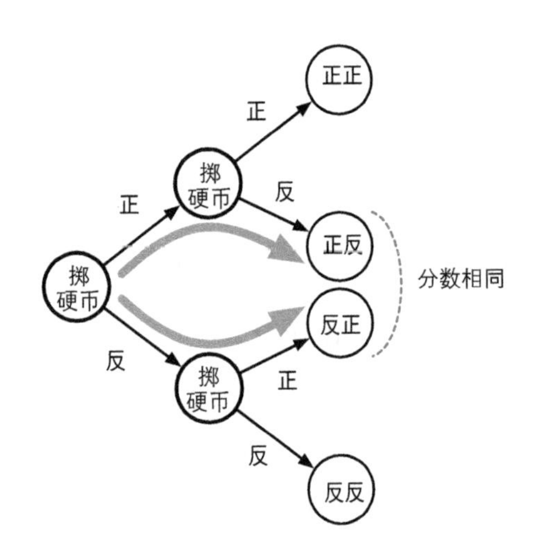

我：“是的。”

蒂蒂：“所以，将汇合的两项相加——啊！这是杨辉三角形，转成这样就能够看出来。”

蒂蒂将头倾斜 90 度说道。

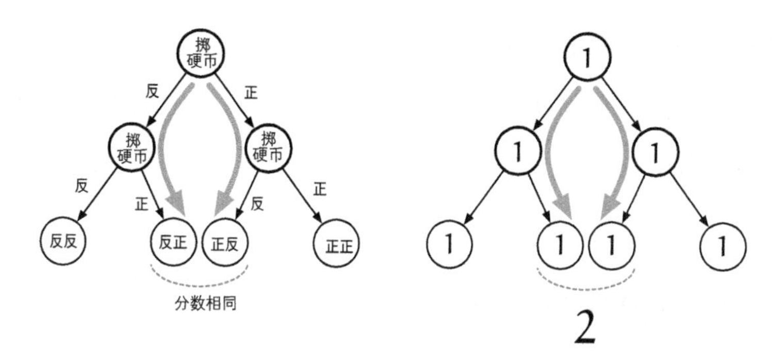

我：“嗯，没错。刚才的式子若不省略 1，也能够看出杨辉三角形的二项式系数 1、2、1。”

$$P(2,\ 2)=\frac{1}{4}(1P(0,\ 2)+2P(1,\ 1)+1P(2,\ 0))\quad \text{由}\heartsuit\text{得到}$$

$$P(3,\ 3)=\frac{1}{4}(1P(1,\ 3)+2P(2,\ 2)+1P(3,\ 1))\quad \text{由}\clubsuit\text{得到}$$

蒂蒂：“……这样的话，进一步计算 $P(3,3)$ 会出现 1、3、3、1 吗？”

我：“试试看吧！”

$$
\begin{aligned}
&P(3,\ 3)\\
&=\frac{1}{4}(P(1,\ 3)+2P(2,\ 2)+P(3,\ 1))\\
&=\frac{1}{4}(\frac{1}{2}P(0,\ 3)+P(1,\ 2))+2\cdot\frac{1}{2}(P(1,\ 2)+P(2,\ 1))+\frac{1}{2}(P(2,\ 1)+P(3,\ 0))\\
&=\frac{1}{8}(P(0,\ 3)+P(1,\ 2)+2P(1,\ 2)+2P(2,\ 1)+P(2,\ 1)+P(3,\ 0))\\
&=\frac{1}{8}(P(0,\ 3)+3P(1,\ 2)+3P(2,\ 1)+P(3,\ 0))\\
&=\frac{1}{8}(1P(0,\ 3)+3P(1,\ 2)+3P(2,\ 1)+1P(3,\ 0))
\end{aligned}
$$

蒂蒂：“哈……真的出现了1、3、3、1。刚好左边先出现$P(1, 2)$，右边再出现$2P(1, 2)$，两者相加变成$3P(1, 2)$，真的就是杨辉三角形嘛……”

5.13 一般化 *P*(3, 3)

我：“然后，因为$8=2^3$，所以$P(3, 3)$可像这样改写：

$$P(3,\ 3)=\frac{1}{2^3}(1P(0,\ 3)+3P(1,\ 2)+3P(2,\ 1)+1P(3,\ 0))$$

这里将二项式系数1、3、3、1写成$\binom{n}{k}$的形式，就能够看出规律。”

$$\begin{matrix} 1 & 3 & 3 & 1 \\ \vdots & \vdots & \vdots & \vdots \\ \binom{3}{0} & \binom{3}{1} & \binom{3}{2} & \binom{3}{3} \end{matrix}$$

蒂蒂：“$\binom{3}{0}$、$\binom{3}{1}$、$\binom{3}{2}$、$\binom{3}{3}$是组合吗？”

我：“是的，$\binom{n}{k}$和C_n^k是同样的概念。我们使用组合来改写$P(3, 3)$。”

$$P(3,\ 3)=\frac{1}{2^3}\quad(1P(0,\ 3)\ +\ 3P(1,\ 2)\ +\ 3P(2,\ 1)\ +\ 1P(3,\ 0))$$

$$\vdots\qquad\qquad\vdots\qquad\qquad\vdots\qquad\qquad\vdots$$

$$P(3,\ 3)=\frac{1}{2^3}\left(\binom{3}{0}P(0,\ 3)+\binom{3}{1}P(1,\ 2)+\binom{3}{2}P(2,\ 1)+\binom{3}{3}P(3,\ 0)\right)$$

蒂蒂：“……好的。”

蒂蒂仔细阅读式子后答道。

我：“你看出括号中的规则了吧？”

$$P(3,\ 3)=\frac{1}{2^3}\left(\binom{3}{0}P(0,\ 3)+\binom{3}{1}P(1,\ 2)+\binom{3}{2}P(2,\ 1)+\binom{3}{3}P(3,\ 0)\right)$$

蒂蒂：“嗯。括号里的前一项是以 0、1、2、3 的顺序变化。”

我：“相反，括号里的后一项是以 3、2、1、0 的顺序变化。若让文字 k 的数值以 0、1、2、3 的顺序变化，

$$\binom{3}{k}P(k,\ 3-k)$$

可用这个式子表示这四项。”

蒂蒂：“我懂了，我懂了。如果 k 是以 0、1、2、3 的顺序变化，$3-k$ 就会是 3、2、1、0。”

我：“这样就能用 Σ 改写 $P(3, 3)$。”

$$P(3,\ 3)=\frac{1}{2^3}\sum_{k=0}^{3}\binom{3}{k}P(k,\ 3-k)$$

蒂蒂：“这个我知道。它的意思是分别代入 $k=0, 1, 2, 3$，再将 $\binom{3}{k}P(k, 3-k)$ 相加。”

我：“然后，将 3 改成 a 就完成了一般化。

$$P(a, a)=\frac{1}{2^a}\sum_{k=0}^{a}\binom{a}{k}P(k, a-k) \quad（a \text{ 是不小于 1 的整数}）$$

为慎重起见，代入 $a=1$ 验算它是不是等于 $\frac{1}{2}$ 吧。

$$\begin{aligned}
P(1, 1) &= \frac{1}{2^1}\sum_{k=0}^{1}\binom{1}{k}P(k, 1-k) \\
&= \frac{1}{2^1}(\underbrace{\binom{1}{0}P(0, 1-0)}_{k=0\text{的时候}}+\underbrace{\binom{1}{1}P(1, 1-1)}_{k=1\text{的时候}}) \\
&= \frac{1}{2^1}(\binom{1}{0}P(0, 1)+\binom{1}{1}P(1, 1-1)) \\
&= \frac{1}{2^1}(1\times1+1\times0) \\
&= \frac{1}{2}
\end{aligned}$$

嗯，没有问题。”

蒂蒂：“终于可以使用式子来表示函数 P 了。”

我：“不，还没有。刚才讨论的仅有 $P(a, a)$，也就是 A 和 B 的剩余分数相同的情况。而且，等式右边还留有 P。”

蒂蒂：“啊……说的也是。我们想求的是 $P(a, b)$，情况未必是 $a=b$。”

我：“是的。那接下来该怎么做？”

蒂蒂：“我还看不出来……但是，我可以再次‘从小的数尝试’来寻找‘头绪’。”

我：“哦！”

蒂蒂：“展开 $P(3, 3)$ 可得到 $P(a, a)$，感觉展开 $P(3, 2)$ 也能够发现什么……我来计算 $P(3, 2)$。”

蒂蒂开始着手计算 $P(3, 2)$。

此时，米尔迦走进图书室。

5.14 米尔迦

米尔迦：“今天也是概率？”

我：“是的。我们打算一般化‘未分胜负的比赛’问题，列出递归关系式后，目前正在寻找式子的规律。”

函数 P 满足的递归关系式（重提）

函数 P 满足下述的递归关系式：

$$
\begin{cases}
P(0,\ b) = 1 \\
P(a,\ 0) = 0 \\
P(a,\ b) = \dfrac{1}{2}P(a-1,\ b) + \dfrac{1}{2}P(a,\ b-1)
\end{cases}
$$

其中，a 和 b 皆为不小于 1 的整数（1、2、3……）。

米尔迦："感觉这个递归关系式会出现杨辉三角形。"

我："嗯，是的，所以会出现二项式系数……"

蒂蒂："二项式系数没有出现！"

我："咦？"

5.15 计算 $P(3, 2)$ 的值

蒂蒂："怎么办？为了找出式子的规律，我展开了 $P(3, 2)$。虽然顺利导出二项式系数，但展开 $P(3, 0)$ 后会出现 $P(3, -1)$。出现 -1 该怎么办……"

$$
\begin{aligned}
P(3,\ 2) &= \frac{1}{2^1}(1P(2,\ 2)+1P(3,\ 1)) \\
&= \frac{1}{2^2}(1P(1,\ 2)+2P(2,\ 1)+1P(3,\ 0)) \\
&= \frac{1}{2^3}(1P(0,\ 2)+3P(1,\ 1)+3P(2,\ 0)+1\underbrace{P(3,\ -1)}_{\uparrow})
\end{aligned}
$$

我："对哦。因为在 a 和 b 是不小于 1 的整数的时候，才能够使用 $P(a,\ b)=\frac{1}{2}P(a-1,\ b)+\frac{1}{2}P(a,\ b-1)$，所以 $P(3, 0)$ 没有办法套用。"

米尔迦："$P(a, b)$ 是 A 还差 a 分、B 还差 b 分获胜时 A 获胜的概率？"

我："嗯，是的。所以，我们能够知道 $P(3, 0)$ 的值。A 还差 3 分、B 还差 0 分获胜，所以 A 获胜的概率为 0，也就是 $P(3, 0)=0$。

不过，我们现在想通过具体的数值找出式子的规律，所以不知道该怎么办。”

米尔迦：“嗯……”

蒂蒂：“若是出现 $P(3, -1)$，就没有意义了。”

米尔迦：“怎么说？”

蒂蒂：“怎么说……还差 -1 分获胜，这没有意义吧。”

我：“还差 -1 分……”

米尔迦：“不能够还差 -1 分吗？”

蒂蒂：“是的。能够还差 0 分，但不能够还差 -1 分。前面一开始是讨论不小于 1 的整数，但后来扩大成允许使用 0。根据一贯性进行扩大，可将还差 0 分解释成确定分出胜负，但 -1 没有办法做类似的解释。”

米尔迦：“没办法做具有一贯性的解释吗？”

蒂蒂：“因为距离获胜还差 -1 分……”

我：“啊，可以解释哦！蒂蒂。”

蒂蒂：“咦？”

蒂蒂蹙紧了眉头。

5.16　进一步扩展递归关系式来讨论

我：“只要在 B 获胜，也就是 $b=0$ 之后继续比赛就行了。掷硬币掷出反面时，距离胜利相差的分数也再减少 1 分。这个情况的确可解释成‘B 距离胜利相差 −1 分’。”

米尔迦：“为了推导方便，进一步扩展递归关系式，或者——”

我：“像这样扩展到 −1。”

函数 P 满足的递归关系式（扩展到 −1）

函数 P 满足下述的递归关系式：

$$
\begin{aligned}
&P(-1,\ b)=1 \quad \text{（追加）}\\
&P(a,\ -1)=0 \quad \text{（追加）}\\
&P(0,\ b)=1\\
&P(a,\ 0)=0\\
&P(a,\ b)=\frac{1}{2}P(a-1,\ b)+\frac{1}{2}P(a,\ b-1)
\end{aligned}
$$

其中，a 和 b 皆为不小于 1 的整数（1、2、3……）。

蒂蒂：“再次展开寻找规律的冒险。”

$$
\begin{aligned}
P(3,\ 2)&=\frac{1}{2^1}(1P(2,\ 2)+1P(3,\ 1))\\
&=\frac{1}{2^2}(1P(1,\ 2)+2P(2,\ 1)+1P(3,\ 0))\\
&=\frac{1}{2^3}(1P(0,\ 2)+3P(1,\ 1)+3P(2,\ 0)+1P(3,\ -1))\\
&=\frac{1}{2^4}(1P(-1,\ 2)+4P(0,\ 1)+6P(1,\ 0)+4P(2,\ -1)+1P(3,\ -2))
\end{aligned}
$$

我：“后面会出现 -2 啊……”

蒂蒂：“那么，再进一步扩展吧。”

米尔迦：“蒂蒂要继续扩展到什么时候？ A 获胜的概率已经求出来了哦。”

我：“的确。$P(-1,2)$ 和 $P(0,1)$ 是 1，剩下的是 0。”

$$P(3,\ 2)=\frac{1}{2^4}(1\underbrace{P(-1,\ 2)}_{1}+4\underbrace{P(0,\ 1)}_{1}+6\underbrace{P(1,\ 0)}_{0}+4\underbrace{P(2,\ -1)}_{0}+1\underbrace{P(3,\ -2)}_{0})$$

蒂蒂：“啊！我发现规律了。”

我：“对，对。”

蒂蒂：“由左依次是 1、1、0、0、0，而 1 集中在左边。因为 $P(a,b)$ 是 0 或者 1，所以这个 1 是 A 获胜的情况。”

$$P(3,\ 2)=\frac{1}{2^4}(1\underbrace{P(-1,\ 2)}_{1}+4\underbrace{P(0,\ 1)}_{1}+6\underbrace{P(1,\ 0)}_{0}+4\underbrace{P(2,\ -1)}_{0}+1\underbrace{P(3,\ -2)}_{0})$$

我：“我发现了不同的规律哦。括号里的数相加会是 1。”

$$P(3,\ 2)=\frac{1}{2^4}(1P\underbrace{(-1,\ 2)}_{\text{相加为1}}+4P\underbrace{(0,\ 1)}_{\text{相加为1}}+6P\underbrace{(1,\ 0)}_{\text{相加为1}}+4P\underbrace{(2,\ -1)}_{\text{相加为1}}+1P\underbrace{(3,\ -2)}_{\text{相加为1}})$$

蒂蒂：“但是，‘相加为 1’有什么意义吗？”

我：“这得从式子中看出规律，而且 $\frac{1}{2^4}$ 中 4 的意义也——”

此时，米尔迦打了一个响指。

蒂蒂和我转头看向米尔迦。

米尔迦：“你和蒂蒂都想直接从式子找出规律，为什么不画图讨论由 a 和 b 的组合确定的 $P(a, b)$ 呢？将 (a, b) 看成坐标平面上的点，应该就会出现杨辉三角形。”

我：“哦！”

蒂蒂：“啊，这像是将式子转换成坐标嘛……”

5.17 在坐标平面上讨论

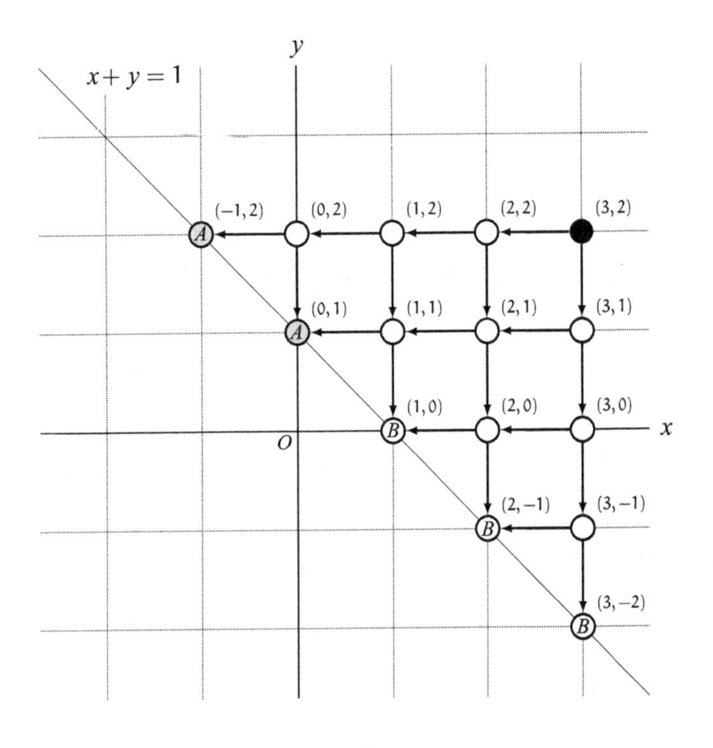

坐标平面

米尔迦：“讨论坐标平面，假设 a、b 是不小于 1 的整数，且点 (a, b) 对应‘A 还差 a 分、B 还差 b 分获胜’的情况。递归关系式 $P(a, b)=\frac{1}{2}P(a-1, b)+\frac{1}{2}P(a, b-1)$ 的右边两项，对应点 (a, b) 左边的点 $(a-1, b)$ 和下方的点 $(a, b-1)$。”

蒂蒂：“的确，能够看出杨辉三角形。”

蒂蒂将头倾斜了 45°。

我：“原来如此。沿箭头前进，若抵达纵向的 y 轴直线 $x=0$，则 A 获胜；若抵达横向的 x 轴直线 $y=0$，则 B 获胜。”

米尔迦：“在坐标平面上讨论，就能够了解你所想知道的‘相加为 1’就相当于直线 $x+y=1$ 的意思。”

我：“嗯！由点 (3, 2) 沿箭头前进，当抵达直线 $x+y=1$ 时，就确定分出胜负了。因为 x 和 y 为整数且 $x+y=1$，所以 x 和 y 至少其中一个小于或等于 0。若 $x\leqslant 0$ 则 A 获胜；若 $y\leqslant 0$ 则 B 获胜。因此，递归关系式可以改成这样。”

函数 P 满足的递归关系式

函数 P 满足下述的递归关系式：

$$P(a, b)=\begin{cases}1 & (a\leqslant 0)\\ 0 & (b\leqslant 0)\\ \frac{1}{2}P(a-1, b)+\frac{1}{2}P(a, b-1) & (a>0\text{且}b>0)\end{cases}$$

其中，a 和 b 为整数且 $a+b\geqslant 1$。

蒂蒂：“两个ⒶⒶ相当于 A 获胜；三个ⒷⒷⒷ相当于 B 获胜。

ⒶⒶⒷⒷⒷ

A 获胜　B 获胜

从式子和图形都能够找出规律嘛……”

我：“蒂蒂提到杨辉三角形的时候，要是能够用坐标讨论获胜条件就好了。”

米尔迦：“将 $a+b=1$ 改成 $a+b-1=0$，可了解式子 $a+b-1$ 的数值具有的重要意义。例如，$P(3,2)$ 中 $\frac{1}{2^4}$ 的 4 就是 $a+b-1$。”

蒂蒂：“原来如此。$a+b-1$ 是确定分出胜负时的最多的掷硬币次数。”

我：“是的，蒂蒂。这可用下式帮助理解：

$$a+b-1=(a-1)+(b-1)+1$$

假设 A 和 B 迟迟分不出胜负，缠斗到掷出 $a-1$ 次正面、$b-1$ 次反面的情况，还是未分胜负，但只要再掷 1 次，就能够确定 A 和 B 其中一人获胜。因此，$a+b-1$ 是确定分出胜负时的最多硬币掷次数。”

米尔迦：“在坐标平面上讨论时，可用 a、b 表达 $P(a,b)$。”

我：“嗯，我懂了。已经能够对应式子和图形了：

$$P(3,\ 2)=\frac{1}{2^4}(1P(-1,\ 2)+4P(0,\ 1)+6P(1,\ 0)+4P(2,\ -1)+1P(3,\ -2))$$

Ⓐ　Ⓐ　Ⓑ　Ⓑ　Ⓑ

剩下只要能够用 a 和 b 表示 A 获胜的部分就行了。首先，$P(-1,2)$、$P(0,1)$、$P(1,0)$、$P(2,-1)$、$P(3,-2)$ 的部分，使用字母 k 代入 0、1、2、3、4 来表示，记为

$$P(k-2+1,\ 2-k)$$

这里出现的 2 相当于 $P(3,2)$ 的 2，所以套用至 $P(a,b)$，记为

$$P(k-b+1,\ b-k)$$

这样就能用 $\sum$ 表示 $P(a,b)$。"

$$P(3,\ 2)=\frac{1}{2^{3+2-1}}\sum_{k=0}^{3+2-1}\binom{3+2-1}{k}P(k-2+1,\ 2-k)$$

$$P(a,\ b)=\frac{1}{2^{a+b-1}}\sum_{k=0}^{a+b-1}\binom{a+b-1}{k}P(k-b+1,\ b-k)$$

米尔迦："出现了许多 $a+b-1$。"

蒂蒂："真的诶！这的确是重要的式子。"

我："是的。那么，这里就假设 $n=a+b-1$ 来整理吧。

$$P(a,\ b)=\frac{1}{2^n}\sum_{k=0}^{n}\binom{n}{k}P(k-b+1,\ b-k)$$

n 是确定分出胜负时的最多的掷硬币次数。"

蒂蒂：“啊……这该不会已经解出来了吧？啊，还没有，右边还留有 P。”

我：“不，右边留下的 $P(k-b+1, b-k)$ 全部为 0 或者 1 哦。因为 $k-b+1$ 和 $b-k$ 其中一个必定小于或等于 0。”

蒂蒂：“为什么能够这样说呢？”

我：“因为两者相加等于 1

$$(k-b+1)+(b-k)=1$$

不会发生 $k-b+1$ 和 $b-k$ 皆大于或等于 1，也不会遇到两者皆小于或等于 0 的情况。”

米尔迦：“使用坐标平面讨论就行了，点 $(x, y)=(k-b+1, b-k)$ 落在直线 $x+y=1$ 上。”

蒂蒂：“啊，说的也是。”

我：“然后，A 获胜是在满足 $x=k-b+1\leqslant 0$，也就是 $k\leqslant b-1$ 的时候。这样就解出来了。”

$$P(a, b)=\frac{1}{2^n}\sum_{k=0}^{b-1}\binom{n}{k}$$

蒂蒂：“B 获胜是在 $b-k\leqslant 0$，也就是 $b\leqslant k$ 的时候，可以得到获胜概率。”

$$Q(a, b)=\frac{1}{2^n}\sum_{k=b}^{n}\binom{n}{k}$$

解答 5-2（一般化“未分胜负的比赛”）

$$P(a, b) = \frac{1}{2^n}\sum_{k=0}^{b-1}\binom{n}{k}$$

$$Q(a, b) = \frac{1}{2^n}\sum_{k=b}^{n}\binom{n}{k}$$

其中，$n=a+b-1$。

米尔迦：“嗯，这样就告一个段落了。”

蒂蒂：“成功表示一般化‘未分胜负的比赛’中的概率了。接下来要讨论什么？”

“正因为未知，才有迈向未来的意义。”

补充

本书第 5 章解答 5-2（第 229 页）中目标部分的，二项式系数之和通常无法用闭形表示。

附录：阶乘、排列、组合、二项式系数

阶乘

对于 0 以上的整数 n，$n!$ 定义为下式：

$$n! = \begin{cases} n \times (n-1) \times \cdots \times 1 & n \geqslant 1 \text{的时候} \\ 1 & n = 0 \text{的时候} \end{cases}$$

$n!$ 读作“n 的阶乘”。例如，5 的阶乘 5! 是

$$5! = 5 \times 4 \times 3 \times 2 \times 1 = 120$$

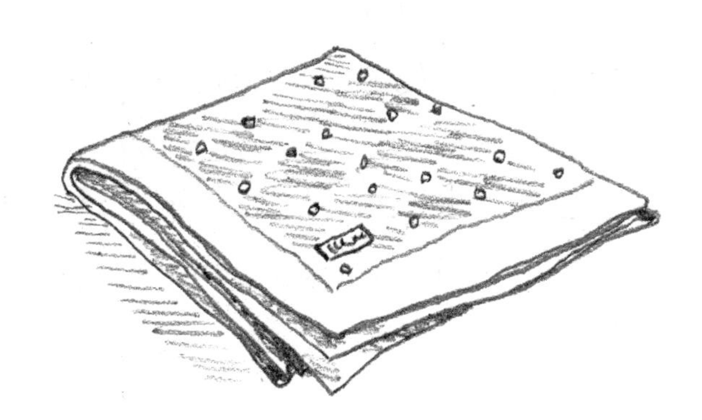

排列

从 n 个不同的事物中，选取 k 个排成一列，称为“从 n 个中选 k 个的排列”。

例如，从 5 个数字 1、2、3、4、5 中选取 3 个进行排列，讨论共有几种情况：

- 第 1 个数字有 5 种选择；
- 然后，第 2 个数字有 4 种选择；
- 再接着，第 3 个数字有 3 种选择；

所以，

$$5 \times 4 \times 3 = 60$$

可知从 5 个中选 3 个的排列共有 60 种情况。这里试着列出所有的情况吧。

123	124	125	134	135	145	234	235	245	345
132	142	152	143	153	154	243	253	254	354
213	214	215	314	315	415	324	325	425	435
231	241	251	341	351	451	342	352	452	453
312	412	512	413	513	514	423	523	524	534
321	421	521	431	531	541	432	532	542	543

一般来说，从 n 个中选 k 个的排列数，可由下式求得[①]：

① 从 n 个中选 k 个的排列数，也可记为 P_n^k。$P_5^3=60$。

$$n\times(n-1)\times\cdots\times(n-k+1)=\frac{n!}{(n-k)!}$$

其中，$n=k$ 的时候，从 n 个中选 n 个的排列数会是

$$n!$$

这相当于“交换 n 个事物的顺序的排列数”。

组合

从 n 个不同的事物中，不考虑顺序地选 k 个为组合，称为“从 n 个中选 k 个的组合”。

从 5 个数字 1、2、3、4、5 中选 3 个的组合，有如下 10 种情况：

123	124	125	134	135	145	234	235	245	345

其中，从 5 个中选 3 个的组合和排列，两者的关系如下表所示：

从 5 个数字中选 3 个的组合（列）；交换 3 个数字的顺序的排列（行）

	123	124	125	134	135	145	234	235	245	345
abc	123	124	125	134	135	145	234	235	245	345
acb	132	142	152	143	153	154	243	253	254	354
bac	213	214	215	314	315	415	324	325	425	435
bca	231	241	251	341	351	451	342	352	452	453
cab	312	412	512	413	513	514	423	523	524	534
cba	321	421	521	431	531	541	432	532	542	543

假设从 5 个数字中选出 3 个为 a、b、c，交换 3 个数字的顺序可得出从 5 个数字中选 3 个的排列，所以

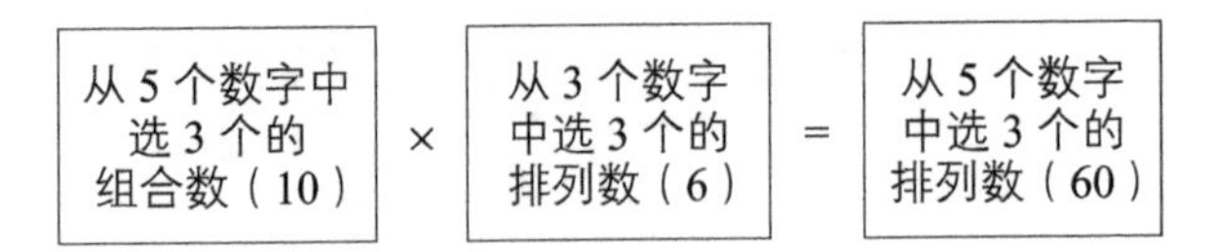

因此，从 5 个中选 3 个的组合数会是

$$\frac{\text{从5个中选3个的排列数}}{\text{从3个中选3个的排列数}}=\frac{5\times4\times3}{3\times2\times1}=\frac{60}{6}=10$$

一般来说，从 n 个中选 k 个的组合数，可由下式求得[①]：

$$\frac{n\times(n-1)\times\cdots\times(n-k+1)}{k\times(k-1)\times\cdots\times1}=\frac{n!}{k!(n-k)!}$$

① 从 n 个中选 k 个的组合数，也可记为 C_n^k。

二项式系数

对于不小于 0 的整数 n、k，定义二项式系数 $\dbinom{n}{k}$ 为

$$\binom{n}{k}=\begin{cases}\dfrac{n!}{k!(n-k)!} & (n\geqslant k)\\ 0 & (n<k)\end{cases}$$

例如，二项式系数 $\dbinom{5}{3}$ 会是

$$\binom{5}{3}=\frac{5!}{3!(5-3)!}=\frac{5\times4\times3\times2\times1}{(3\times2\times1)(2\times1)}=\frac{5\times4\times3}{3\times2\times1}=10$$

它等于从 5 个中选 3 个的组合数。

对于较小 n 和 k，二项式系数 $\dbinom{n}{k}$ 如下表所示：

n	$\binom{n}{0}$	$\binom{n}{1}$	$\binom{n}{2}$	$\binom{n}{3}$	$\binom{n}{4}$	$\binom{n}{5}$	$\binom{n}{6}$
0	1	0	0	0	0	0	0
1	1	1	0	0	0	0	0
2	1	2	1	0	0	0	0
3	1	3	3	1	0	0	0
4	1	4	6	4	1	0	0
5	1	5	10	10	5	1	0
6	1	6	15	20	15	6	1

此表格中出现了杨辉三角形。

附录：期望值

概率加权平均

将标号码①或者②的卡牌充分洗牌，讨论从中抽出 1 张的试验。根据抽出的卡牌号码，获得的奖金如下所示：

- 抽出卡牌①可获得奖金 x_1 元；
- 抽出卡牌②可获得奖金 x_2 元。

各张卡牌的抽出概率如下：

- 抽出卡牌①的概率为 p_1；
- 抽出卡牌②的概率为 p_2。

此时，奖金分别乘上概率再相加的数值，即

$$x_1p_1 + x_2p_2$$

是获得奖金的概率加权平均，可当作获得奖金的平均值。

期望值

将上面的内容一般化。

“抽出卡牌获得的奖金”等由试验结果决定的数值，一般称为随机变量。

假设某试验的随机变量为 X，进行 1 次试验得到的数值为 x_1，

$x_2, \cdots, x_n$ 这 n 个数值的其中之一，各数值出现的概率如下：

- 数值 x_1 出现的概率为 p_1；
- 数值 x_2 出现的概率为 p_2；
- ……
- 数值 x_n 出现的概率为 p_n。

此时，数值分别乘上概率再相加所得到的数值，即

$$x_1 p_1 + x_2 p_2 + \cdots + x_n p_n$$

被称为随机变量 X 的期望值。随机变量 X 的期望值记为

$$E[X]$$

换言之，

$$E[X] = x_1 p_1 + x_2 p_2 + \cdots + x_n p_n$$

随机变量 X 的期望值是各数值的概率加权平均，可当作随机变量 X 的平均值。随机变量 X 的期望值，也可用 Σ 表示为如下形式：

$$E[X] = \sum_{k=1}^{n} x_k p_k$$

另外，若将随机变量 X 为数值 x_k 的概率记为 $Pr(X=x_k)$，则随机变量 X 的期望值也可表示为如下形式：

$$E[X]=\sum_{k=1}^{n}x_kPr(X=x_k)$$

“未分胜负的比赛”与期望值

在第 5 章“未分胜负的比赛”中，讨论了比赛中断时分配奖金的方法。根据“获胜概率分配的方法”（第 182 页），正是将奖金视为随机变量，再根据期望值进行分配。

假设比赛进行到最后时 A 获得的奖金为随机变量 X，根据获胜者获得所有奖金的规则，随机变量 X 的可能数值如下：

- A 获胜的时候，x_1= 奖金全额；
- A 败北的时候，$x_2=0$。

另外，各情况发生的概率如下：

- 随机变量 X 为 x_1 的概率是 $Pr(A)$（A 获胜的概率）
- 随机变量 X 为 x_2 的概率是 $Pr(B)$（B 获胜的概率）

此时，根据定义，随机变量 x 的期望值 $E[X]$ 会是

$$E[X]=x_1Pr(A)+x_2Pr(B)$$

因为 x_1= 奖金全额、$x_2=0$，所以

$$E[X]=\text{奖金全额}\times Pr(A)$$

这正是第 182 页的“根据获胜概率分配的方法”。

赌博与期望值

将赌博视为试验，假设获得的奖金为随机变量 X，已知获得的具体奖金为 $x_1, x_2, \cdots, x_n$，出现的概率分别为 $p_1, p_2, \cdots, p_n$。此时，随机变量 X 的期望值是

$$E[X]=x_1p_1+x_2p_2+\cdots+x_np_n$$

这可当作该赌博能够获得的平均奖金。

假定参加赌博 1 次需要花费的费用为 C，由支付费用 C 以获得平均奖金 $E[X]$，可知参加者每次的平均获利会是

$$E[X]-C$$

第 5 章的问题

●问题 5-1（二项式系数）

已知展开 $(x+y)^n$ 后，$x^k y^{n-k}$ 的系数等于二项式系数 $\binom{n}{k}$ $(k=0, 1, 2, \cdots, n)$。试实际计算较小的 n 的情况来确认。

① $(x+y)^1 =$

② $(x+y)^2 =$

③ $(x+y)^3 =$

④ $(x+y)^4 =$

（解答在第 305 页）

●问题 5-2（掷硬币的次数）

在前面对话中的“未分胜负的比赛”，已知 A 还差 a 分、B 还差 b 分获胜。试问从该情况到确定获胜者，还要掷几次硬币？假设掷硬币最少需要 m 次，最多需要 M 次，用 a、b 表示 m 和 M。其中，a 和 b 皆为不小于 1 的整数。

（解答在第 308 页）

尾声

抽签

某天，某时，在数学数据室。

少女：“老师，这是什么？”

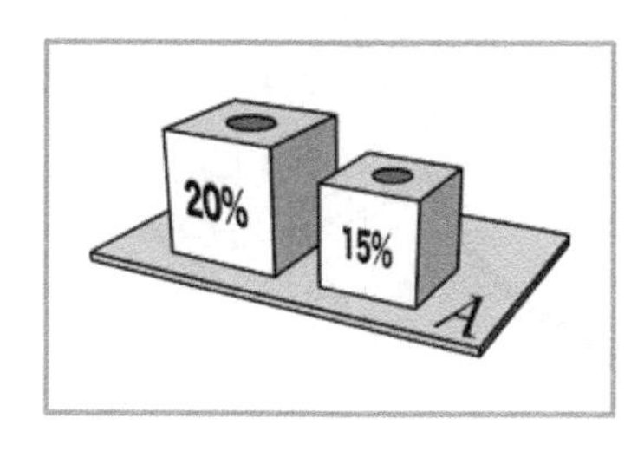

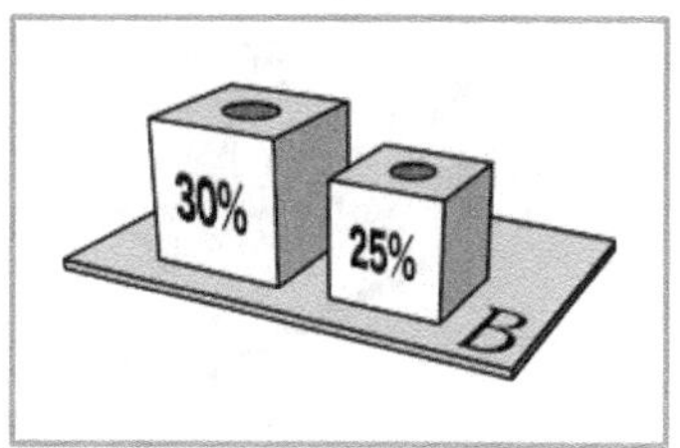

老师：“你觉得是什么？”

少女：“并排的写有百分比的箱子。”

老师：“这是抽签筒。两个基台 A、B 各放置一大一小的两个抽签筒，不知道四个抽签筒都放入多少张签条，但有分别标示抽出 1 张的中奖概率。”

中奖的概率

	大箱	小箱
基台 A	20%	15%
基台 B	30%	25%

少女：“两个基台都是大箱比较容易中奖。”

$$20\% > 15\% \qquad 30\% > 25\%$$

基台 A　　　　基台 B

老师：“没错。然而，由于两个基台占用太多空间，于是之后决定将 A、B 两者的签条整合到一个基台 C 上，如图所示。”

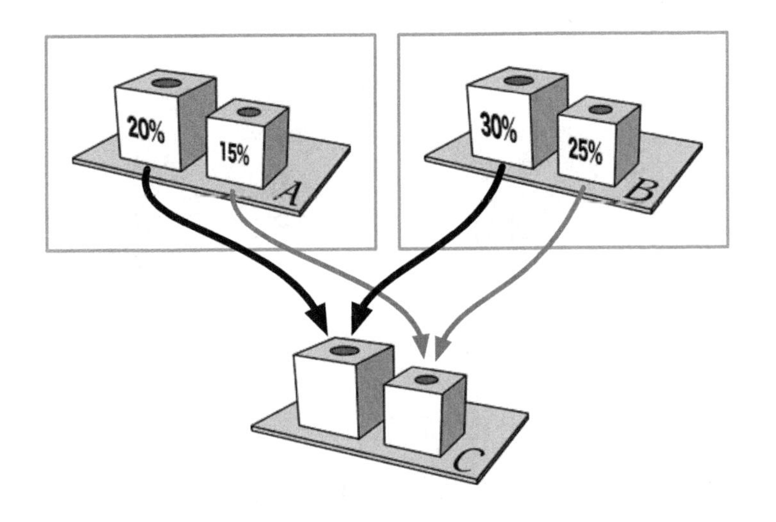

少女：“两大箱整合为一大箱，两小箱整合为一小箱嘛。”

老师：“是的。虽然不知道整合后的概率，但整合为基台 C 后，大箱中奖的概率还会比较高吗？”

少女：“当然啊。两个基台都是大箱比较容易中奖嘛。”

老师：“概率难就难在这个地方哦。”

少女："这个地方……是指哪个地方？"

老师："违背直觉，难以得到正确答案的这个地方。"

少女："正确答案……老师还没有出问题哦。"

老师："'整合为基台 C 后，大箱中奖的概率还会比较高吗？'——这就是问题。"

少女："……"

老师："整合为基台 C 后，可能会有大箱中奖的概率降低的情况哦。"

少女："老师，不可能会有这样的情况哦。基台 A、基台 B 都是大箱的中奖概率比较高，也就是中奖的签条比例较高。两比例较高的事物整合后，会有比例反而变低的情况吗？"

老师："试着举出比例反而变低的具体例子吧。现在假设全部签条的张数如表格所示，基台 A 和 B 的两大箱、两小箱，整合成基台 C 的大小箱。

全部张数

	大箱	小箱
基台 A	1000 张	1000 张
基台 B	250 张	4000 张
基台 C	1250 张	5000 张

少女："……我来计算中奖的张数。"

中奖的张数

	大箱	小箱
基台 A	1000 × 20%=200 张	1000 × 15%=150 张
基台 B	250 × 30%=75 张	4000 × 25%=1000 张
基台 C	200+75=275 张	150+1000=1150 张

老师：“这样就能够计算整合后的概率。”

少女：“对。下面来计算基台 C 的中奖概率。

基台 C 的大箱（1250 张中有 275 张中奖签）

$$\frac{275}{1250}=0.22=22\%$$

基台 C 的小箱（5000 张中有 1150 张中奖签）

$$\frac{1150}{5000}=0.23=23\%$$

真的，小箱的中奖概率比较高。”

中奖概率

	大箱	小箱
基台 A	$\frac{200张}{1000张}=20\%$	$\frac{150张}{1000张}=15\%$
基台 B	$\frac{75张}{250张}=30\%$	$\frac{1000张}{4000张}=25\%$
基台 C	$\frac{275张}{1250张}=22\%$	$\frac{1150张}{5000张}=23\%$

老师：“结果令人意外吧。所以，遇到百分比的时候，务必、务必、务必要想想‘以什么为整体？’。”

少女：“可是，老师，我们并不知道这个例子以什么为整体啊。”

老师：“是的。我们只知道这个例子中各箱的百分比，并不知道箱中装有多少张签条。换言之，整体会因箱子而异，整合后可能发生意料之外的事情。我们必须确认的不是百分比，而是张数等‘具体数值’。”

少女：“但我们通常不会将抽签整合起来吧。”

老师：“那么，这样的表格如何？将某资格考试的合格率，按照学校、男女性别汇整成表格。虽然这仅是虚构的例子，但你会怎么讨论这种表格？”

资格考试的合格率（按照学校区别）

	男性	女性
学校 A	20%	15%
学校 B	30%	25%

少女：“学校 A、学校 B 都是男性合格率比较高……这个百分比不是跟刚才的抽签一样嘛，老师。”

老师：“是的。换言之，签条的张数能够改成人数，将大箱换成男性，小箱换成女性，中奖签换成合格。”

少女：“类似前面的抽签，接着要整合学校 A 和 B 的数据？”

老师：“没错。假如人数跟签条的张数一样多，经过跟整合签条时相同的计算，能够列出这样的表格。”

资格考试的合格率（合计）

	男性	女性
合格率	22%	23%

少女：“合计后，反而女性的合格率比较高。”

老师：“在现实生活中，或许不会整合签条，但有可能遇到这样的表格。即便以完全相同的资料计算，按照学校分别计算还是整合起来计算，比例的大小有时会发生反转的情况。明明数据及计算都没有错误，呈现出来的印象却大不相同。”

少女：“这样该怎么办？遇到百分比时，只要注意‘以什么为整体’就好了吗？”

老师：“是的。另外，遇到百分比时，也要讨论‘实际的数值’。看到合格率时，也要调查合格数。记得注意这些细节。”

扑克牌

少女：“老师，这里的扑克牌也是要出的问题吗？”

♠A	♠2	♠3	♠4	♠5	♠6	♠7	♠8	♠9	♠10	♠J	♠Q	♠K
♡A	♡2	♡3	♡4	♡5	♡6	♡7	♡8	♡9	♡10	♡J	♡Q	♡K
♣A	♣2	♣3	♣4	♣5	♣6	♣7	♣8	♣9	♣10	♣J	♣Q	♣K
◇A	◇2	◇3	◇4	◇5	◇6	◇7	◇8	◇9	◇10	◇J	◇Q	◇K

排除王牌的 52 张扑克牌

老师：“排除王牌的 52 张扑克牌，充分洗牌后堆起来，再从中抽出 1 张牌。例如抽出♡Q，

♡Q

记下抽出的牌。”

少女：“好的。”

老师：“记下抽出的牌后放回，将 52 张牌充分洗牌后堆起来，再从中抽出 1 张牌。例如抽出♣2，记下抽出的牌：

♡Q ♣2

像这样反复操作 10 次。”

少女：“好的。反复操作 10 次。”

老师：“在这 10 次中，会重复出现相同的牌吗？”

少女：“重复出现……像是第 3 次和第 7 次都抽出♠A 吗？”

第 3 次和第 7 次出重复出现♠A 的例子

老师：“是的，当然也有可能都没有重复出现。”

没有重复出现相同的牌的例子

少女：“出现 3 次以上的情况，也算是重复出现吗？”

第 3 次、第 7 次和第 10 次重复出现♠A 的例子

老师："是的。"

少女："扑克牌全部共有 52 张，只反复操作 10 次，应该很难重复出现相同的牌吧。如果反复操作 20 次，感觉就会重复出现相同的牌。"

老师："试着计算重复出现相同的牌的概率吧。"

少女："所有的情况数有 5210 种，重复出现相同的牌的情况数……不要一下子就处理 10 次，'从小的数讨论'比较好。"

老师："原来如此。"

少女："例如，先讨论 3 次的情况：

- 第 1 次抽出什么都不会重复出现；
- 若第 2 次抽出跟第 1 次相同的牌，就是重复出现；
- 若第 3 次抽出跟第 1 次或者第 2 次相同的牌……

老师，这问题非常复杂，也有可能发生跟第 1、2 次相同的情况。"

老师："是的。"

少女："第 1 次没有任何限制。第 2 次跟第 1 次相同，就是重复出现；若不同，就不是重复出现。到这里为止还算简单，但第 3 次就没有那么单纯了，需要区分情况讨论，非常复杂。"

老师："……"

少女："第 1 次有 52 种情况都不是重复出现，第 2 次跟第 1 次相同的 1 种是重复出现，跟第 1 次不同的 51 种不是重复出现……我懂了！要计算不重复出现相同的牌的情况。"

老师："哦！"

少女："只要知道'不重复出现相同的牌的概率'，就能够推得'重复出现相同的牌的概率'。"

老师："不错，有联想到对立事件。"

少女："讨论每次抽出牌，连续出现跟前面皆不同的情况数。"

- 第 1 次无论抽出哪张牌，不重复出现的情况都是 52 种。
- 第 2 次抽出跟第 1 次不同的牌，不重复出现的情况有 51 种。
- 第 3 次抽出跟第 1、2 次不同的牌，不重复出现的情况有 50 种。
- 第 4 次抽出跟前 3 次不同的牌，不重复出现的情况有 49 种。
- 第 5 次抽出跟前 4 次不同的牌，不重复出现的情况有 48 种。
- 第 6 次抽出跟前 5 次不同的牌，不重复出现的情况有 47 种。
- 第 7 次抽出跟前 6 次不同的牌，不重复出现的情况有 46 种。
- 第 8 次抽出跟前 7 次不同的牌，不重复出现的情况有 45 种。
- 第 9 次抽出跟前 8 次不同的牌，不重复出现的情况有 44 种。
- 第 10 次抽出跟前 9 次不同的牌，不重复出现的情况有 43 种。

少女：“所以，不重复出现相同的牌的情况数有

$$\underbrace{52\times51\times50\times49\times48\times47\times46\times45\times44\times43}_{10个}$$

不重复出现相同的牌的概率是

$$\begin{aligned}&\frac{52\times51\times50\times49\times48\times47\times46\times45\times44\times43}{52\times52\times52\times52\times52\times52\times52\times52\times52\times52}\\&=\frac{57407703889536000}{144555105949057024}\\&=0.39713\ldots\end{aligned}$$

因此，重复出现相同的牌的概率是

$$1-0.39713\ldots=0.60287\ldots$$

重复出现相同的牌的概率约为 60% 啊！”

老师：“吓到了吧。”

少女：“吓到我了……”

老师：“若是反复 20 次，概率会变成约 99% 哦。下面是反复 n 次时，重复出现相同的牌的概率 $P(n)$。”

$$\begin{aligned}P(n)&=1-\frac{52}{52}\cdot\frac{51}{52}\cdot\frac{50}{52}\cdots\frac{53-n}{52}\\&=1-\prod_{k=1}^{n}\frac{53-k}{52}\end{aligned}$$

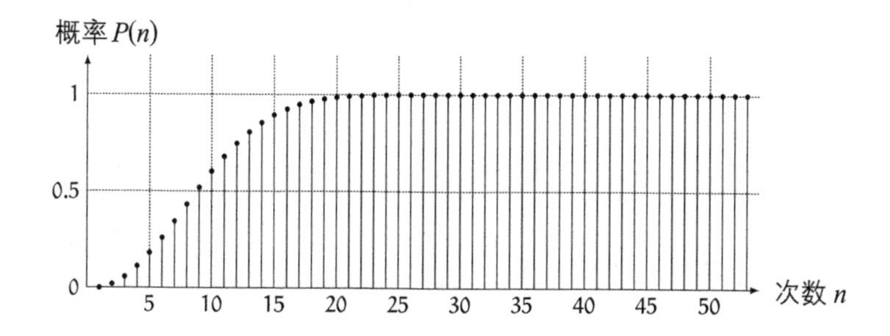

反复 n 次时重复出现相同的牌的概率 $P(n)$

少女："概率会像这样急剧增加？"

老师："反复 53 次的重复出现相同的牌的概率正好为 1，当然超过 53 次后的概率也为 1。"

少女："这是鸽巢原理。"

- 若 52 个鸽巢住有 53 只鸽子，则至少有 1 个鸽巢住有 2 只鸽子。
- 若从 52 张牌中抽牌 53 次，则至少有 1 张牌被抽出 2 次。

老师："没错。生日也可做类似的计算，以一年 366 天代替扑克牌的 52 张牌。虽然算进了闰年，但在哪天出生的概率相等。假设随机选取的 n 人团体中，生日重复的概率为 $Q(n)$，则

$$
\begin{aligned}
Q(n) &= 1-\frac{366}{366}\cdot\frac{365}{366}\cdot\frac{364}{366}\cdots\frac{367-n}{366}\\
&= 1-\prod_{k=1}^{n}\frac{367-k}{366}
\end{aligned}
$$

由此可知，23 人团体中，生日重复的概率超过 50%；50 人

团体中，生日重复的概率约为 97%。”

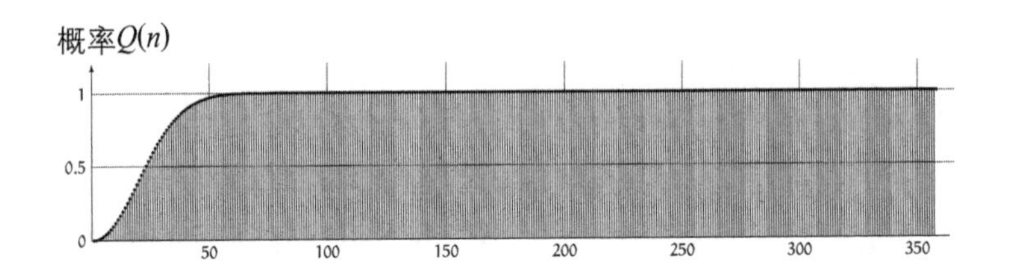

n 人团体中生日重复的概率 $Q(n)$

少女："吓到我了。"

老师："吓到了吧。这被称为生日悖论（birthday paradox）。"

少女："生日悖论就是，鸽巢意外地很快就住满的悖论，或者也可以说是'概率的鸽巢原理'嘛。"

少女说完后，噗嗤一笑。

解 答

ANSWERS

第 1 章的解答

●问题 1-1（掷硬币 2 次）

掷公平的硬币 2 次时，会发生下述 3 种情况之一：

① 掷出正面 0 次；

② 掷出正面 1 次；

③ 掷出正面 2 次。

因此，①、②和③发生的概率皆为 $\frac{1}{3}$。

请指出错误的地方，并求出正确的概率。

■解答 1-1

掷公平的硬币 2 次时，“会发生①、②和③这 3 种情况之一”是正确的说法。

然而，由此无法导出“①、②和③发生的概率皆为 $\frac{1}{3}$”的结论，因为“①、②和③同样容易发生”的假设不成立。

我们可遵循定义（见第 11 页）求得概率。

掷公平的硬币 2 次时，可能发生的情况如下：

- 掷出“反反”（第 1 次掷出反面、第 2 次掷出反面）；
- 掷出“反正”（第 1 次掷出反面、第 2 次掷出正面）；

- 掷出“正反”（第 1 次掷出正面、第 2 次掷出反面）；
- 掷出“正正”（第 1 次掷出正面、第 2 次掷出正面）。

此时，因为

- 结果为 4 种情况之一；
- 4 种情况中，仅会发生其中一种；
- 4 种情况同样容易发生，

所以，掷出“反反”“反正”“正反”“正正”的概率皆为$\frac{1}{4}$。

然后，①、②和③发生的正确概率是

① 掷出“正面”0 次的情况，仅有四种中的“反反”，可知概率为$\frac{1}{4}$；

② 掷出“正面”1 次的情况，有四种中的“反正”和“正反”，可知概率为$\frac{2}{4}=\frac{1}{2}$；

③ 掷出“正面”2 次的情况，仅有四种中的“正正”，可知概率为$\frac{1}{4}$。

●问题 1-2（掷骰子）

掷公平的骰子 1 次，请分别求出下述 *a~e* 的概率：

a. 掷出⚂的概率

b. 掷出偶数的概率

c. 掷出偶数或者 3 的倍数的概率

d. 掷出大于⚅的概率

e. 掷出小于或等于⚅的概率

■解答 1-2

我们可遵循定义（见第 11 页）求得概率。

掷公平的骰子 1 次时，可能出现 6 种情况：

⚀，⚁，⚂，⚃，⚄，⚅

然后，

- 结果为 6 种情况之一；
- 6 种情况中，仅会发生其中一种；
- 6 种情况同样容易发生。

因此，只要分别计算 a~e 的情况数，就能够求得概率。

a. 6 种情况中，掷出⚂的情况有 1 种，可知掷出⚂的概率为 $\frac{1}{6}$。

b. 6 种情况中，掷出偶数的情况有⚁、⚃、⚅ 3 种，可知掷出偶数的概率为 $\frac{3}{6}=\frac{1}{2}$。

c. 6 种情况中，掷出偶数或者 3 的倍数的情况有⚁、⚂、⚃、⚅ 4 种，可知掷出偶数或者 3 的倍数的概率为 $\frac{4}{6}=\frac{2}{3}$。

d. 6 种情况中，掷出大于⚅的情况有 0 种，可知掷出大于⚅的概率为 $\frac{0}{6}=0$。

e. 6 种情况中，掷出小于或等于⚅的情况有⚀、⚁、⚂、⚃、⚄、⚅ 6 种，可知掷出小于或等于⚅的概率为 $\frac{6}{6}=1$。

答：a. $\frac{1}{6}$。b. $\frac{1}{2}$。c. $\frac{2}{3}$。d. 0。e. 1。

●问题 1-3（比较概率）

掷公平的硬币 5 次，假设概率 p 和 q 分别为

p= 结果为“正正正正正”的概率

q= 结果为“反正正正反”的概率

请比较 p 和 q 的大小。

■解答 1-3

掷公平的硬币 5 次时，可能发生的情况共有 $2\times2\times2\times2\times2=2^5=32$ 种。

反反反反反　反正反反反　正反反反反　正正反反反

反反反反正　反正反反正　正反反反正　正正反反正

反反反正反　反正反正反　正反反正反　正正反正反

反反反正正　反正反正正　正反反正正　正正反正正

反反正反反　反正正反反　正反正反反　正正正反反

反反正反正　反正正反正　正反正反正　正正正反正

反反正正反　**反正正正反**　正反正正反　正正正正反

反反正正正　反正正正正　正反正正正　**正正正正正**

然后，

- 结果为 32 种情况之一；
- 32 种情况中，仅会发生其中一种；
- 32 种情况同样容易发生。

因为发生“正正正正正”是 32 种中的 1 种，“反正正正反”是 32 种中的 1 种，所以

$$p= \text{结果为“正正正正正”的概率} = \frac{1}{32}$$

$$q= \text{结果为“反正正正反”的概率} = \frac{1}{32}$$

因此，可知

$$p=q$$

答： $p=q$（p 和 q 相等）。

●问题 1-4（掷出正面 2 次的概率）

掷公平的硬币 5 次，试求刚好掷出正面 2 次的概率。

■解答 1-4

掷公正的硬币 5 次时，可能发生的情况共有 $2\times2\times2\times2\times2=2^5=32$ 种。

反反反反反　反正反反反　正反反反反　**正正反反反**

反反反反正　**反正反反正**　**正反反反正**　正正反反正

反反反正反　**反正反正反**　**正反反正反**　正正反正反

反反反正正　反正反正正　正反反正正　正正反正正

反反正反反　**反正正反反**　**正反正反反**　正正正反反

反反正反正　反正正反正　正反正反正　正正正反正

反反正正反　反正正正反　正反正正反　正正正正反

反反正正正　反正正正正　正反正正正　正正正正正

然后，

- 结果为 32 种情况之一；
- 32 种情况中，仅会发生其中一种；
- 32 种情况同样容易发生。

因为掷出正面 2 次的情况为粗体字的 10 种，所以想求的概率为

$$\frac{10}{32}=\frac{5}{16}$$

答：$\frac{5}{16}$（或 0.3125）。

另解 1

即便不列举所有可能发生的情况，只要计算情况数就能够求得概率。

在掷公平的硬币 5 次的过程中，只需讨论哪几次掷出正面。在这 5 次中，某一次掷出正面后，剩余 4 次要再掷出一次正面，所以情况数为 5×4=20。但是，比如“第 2 次和第 5 次”和“第 5 次和第 2 次”的情况被重复计算了，20 要再除以 2，所以会得到 10 种情况。

因此，32 种情况中，掷出正面 2 次的情况有 10 种，想求的概率为

$$\frac{10}{32}=\frac{5}{16}$$

答：$\frac{5}{16}$（或 0.3125）。

另解 2

掷公平的硬币 5 次，求掷出正面 2 次的情况数。这相当于从 5 个中选 2 个的组合数，所以

$$
\begin{aligned}
\text{从 5 个中选 2 个的组合数} &= \binom{5}{2} \quad（\text{等于 } C_5^2） \\
&= \frac{5 \times 4}{2 \times 1} \\
&= 10
\end{aligned}
$$

可知有 10 种情况。

因此，32 种情况中，掷出正面 2 次的情况有 10 种，想求的概率为

$$\frac{10}{32} = \frac{5}{16}$$

答：$\frac{5}{16}$（或 0.3125）。

●问题 1-5（概率值的范围）

假设某概率为 p，请使用概率的定义（见第 11 页）证明下式成立。

$$0 \leqslant p \leqslant 1$$

■解答 1-5

证明

根据概率的定义（见第 11 页），全部 N 种情况中发生 n 种情况之一的概率 p 是

$$p = \frac{n}{N}$$

其中，N 是“所有的情况数”，n 是“所关注的情况数”，它们满足

$$0 \leqslant n \leqslant N$$

因为 $N > 0$，所以将 0、n、N 分别除以 N 不会改变不等号的方向。因此，

$$\frac{0}{N} \leqslant \frac{n}{N} \leqslant \frac{N}{N}$$

也就是

$$0 \leqslant \frac{n}{N} \leqslant 1$$

可知

$$0 \leqslant p \leqslant 1$$

（证明完毕）

第 2 章的解答

●问题 2-1（12 张扑克牌）

将 12 张花牌充分洗牌，然后从中抽出 1 张牌，分别求出①～⑤的概率。

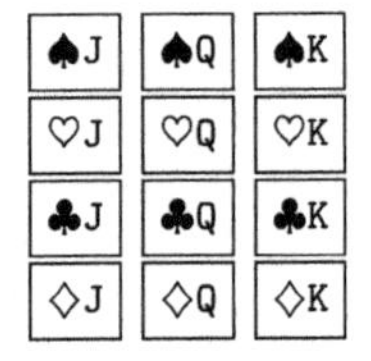

12 张花牌

① 抽出♡ Q 的概率。

② 抽出 J 或 Q 的概率。

③ 不抽出♠的概率。

④ 抽出♠或 K 的概率。

⑤ 抽出♡以外的 Q 的概率。

■解答 2-1

因为是将 12 张花牌充分洗牌后再抽出 1 张牌，所以假设每张牌同样容易出现，使用情况数计算概率。

① 全部 12 种情况中，抽出♡ Q 的情况仅有下述 1 种：

因此，抽出♡Q 的概率是 $\frac{1}{12}$。

② 全部 12 种情况中，抽出 J 或 Q 的情况有下述 8 种：

因此，抽出 J 或 Q 的概率是 $\frac{8}{12}=\frac{2}{3}$。另外，该概率等于抽出 J 的概率 $\frac{1}{3}$，加上抽出 Q 的概率 $\frac{1}{3}$。

③ 全部 12 种情况中，不抽出♠的情况有下述 9 种：

♠J	♠Q	♠K
♡J	♡Q	♡K
♣J	♣Q	♣K
♢J	♢Q	♢K

因此，不抽出♠的概率是 $\frac{9}{12}=\frac{3}{4}$。另外，该概率等于 1 减去抽出♠的概率 $\frac{1}{4}$。

④ 全部 12 种情况中，抽出♠或 K 的情况有下述 6 种：

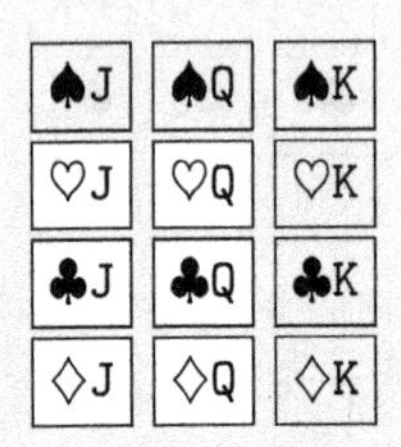

因此，抽出♠或 K 的概率是 $\frac{6}{12}=\frac{1}{2}$。其中，要注意别重复计算♠K。

⑤ 全部 12 种情况中，抽出♡以外的 Q 的情况有下述 3 种：

因此，抽出♡以外的 Q 的概率是 $\frac{3}{12}=\frac{1}{4}$。

答：① $\frac{1}{12}$。② $\frac{2}{3}$。③ $\frac{3}{4}$。④ $\frac{1}{2}$。⑤ $\frac{1}{4}$。

●问题 2-2（掷 2 枚硬币，第 1 枚掷出正面）

依次掷 2 枚硬币，已知第 1 枚掷出正面，试求 2 枚皆为正面的概率。

■解答 2-2

依次掷 2 枚硬币时，可能发生的情况共有 4 种：

反反　反正　正反　正正

而第 1 枚出现正面的情况有下述 2 种：

正反　正正

其中，2 枚皆为正面的情况仅有 1 种。因此，想求的概率是

$$\frac{\text{正正}}{\text{正反　正正}}=\frac{1}{2}$$

答：$\frac{1}{2}$。

另解

由于已知第 1 枚掷出正面，2 枚皆为正面发生在第 2 枚也掷出正面的时候，而掷第 2 枚硬币掷出正面的概率为 $\frac{1}{2}$，所以想求的概率是 $\frac{1}{2}$。

答：$\frac{1}{2}$。

●问题 2-3（掷 2 枚硬币，至少 1 枚掷出正面）

依次掷 2 枚公平的硬币，已知至少 1 枚掷出正面，试求 2 枚皆为正面的概率。

■解答 2-3

依次掷 2 枚硬币时，可能发生的情况共有 4 种：

反反　反正　正反　正正

至少 1 枚掷出正面的情况有下述 3 种：

反正　正反　正正

其中，2 枚皆为正面的情况仅有 1 种。因此，想求的概率是

$$\frac{\text{正正}}{\text{反天　正反　正正}} = \frac{1}{3}$$

答：$\frac{1}{3}$。

补充

请注意问题 2-2 和问题 2-3 的概率不同。

掷 2 枚硬币的情况有下述 4 种：

反反　反正　正反　正正

然后，根据问题给出的条件（提示）排除几种情况。

问题 2-2 给出了第 1 枚掷出正面的条件。因此，排除第 1 枚为反面的 2 种情况，“所有的情况”有下述 2 种：

正反　正正

问题 2-3 给出了至少 1 枚掷出正面的条件。因此，排除“反反”的情况，“所有的情况”有下述 3 种：

反正　正反　正正

在问题 2-2 和问题 2-3 中，“所有的情况”数目不同，概率也不同。

●问题 2-4（抽出 2 张扑克牌）

从 12 张花牌中抽出 2 张牌，试求 2 张皆为 Q 的概率。

① 从 12 张中抽出第 1 张，再从剩下的 11 张中抽出第 2 张的情况。

② 从 12 张中抽出第 1 张，放回洗牌后再从 12 张中抽出第 2 张的情况。

■解答 2-4

① 从 12 张中抽出第 1 张，再从剩下的 11 张中抽出第 2 张，全部情况数为

$$12 \times 11 = 132$$

2 张皆为 Q 发生在从全部 4 张 Q 中抽出第 1 张，再从剩下的 3 张 Q 中抽出第 2 张的时候，所以情况数为

$$4\times3=12$$

因此，想求的概率是

$$\frac{4\times3}{12\times11}=\frac{12}{132}=\frac{1}{11}$$

答：$\frac{1}{11}$。

② 从 12 张中抽出第 1 张，放回洗牌后再从 12 张中抽出第 2 张，全部情况数为

$$12\times12=144$$

2 张皆为 Q 发生在第 1 张和第 2 张都是从全部 4 张 Q 中抽出的时候，所以情况数为

$$4\times4=16$$

因此，想求的概率是

$$\frac{4\times4}{12\times12}=\frac{16}{144}=\frac{1}{9}$$

答：$\frac{1}{9}$。

另解

① 全部 12 张花牌中有 4 张 Q，所以第 1 张抽出 Q 的概率是

$$\frac{4}{12}=\frac{1}{3}$$

剩下的 11 张花牌中有 3 张 Q，所以第 2 张抽出 Q 的概率是

$$\frac{3}{11}$$

因此，两张牌皆为 Q 的概率是

$$\frac{1}{3}\times\frac{3}{11}=\frac{1}{11}$$

答：$\frac{1}{11}$。

② 全部 12 张花牌中有 4 张 Q，所以第 1 张抽出 Q 的概率是

$$\frac{4}{12}=\frac{1}{3}$$

由于放回抽出的第 1 张牌再抽出第 2 张，所以第 2 张抽出 Q 的概率同样是

$$\frac{4}{12}=\frac{1}{3}$$

因此，两张牌皆为 Q 的概率是

$$\frac{1}{3}\times\frac{1}{3}=\frac{1}{9}$$

答：$\frac{1}{9}$。

第 3 章的解答

●问题 3-1（掷硬币 2 次的试验的所有事件）

讨论掷硬币 2 次的试验时，必然事件 U 可记为

$$U=\{\text{正正，正反，反正，反反}\}$$

集合 U 的子集皆为该试验的事件。例如，下述三个集合皆为该试验的事件：

$$\{\text{反反}\}、\{\text{正正，反反}\}、\{\text{正正、正反、反反}\}$$

试问该试验一共有几个事件？请试着全部列举出来。

■解答 3-1

该试验的事件取决于是否包含必然事件中的 4 个元素（正正、正反、反正、反反）。因此，事件共有 $2\times2\times2\times2=2^4=16$ 种。所有的事件如下所示：

				备注
{			}	不可能事件
{			反反 }	基本事件
{		反正	}	基本事件
{		反正，	反反 }	
{	正反		}	基本事件

{ 正反， 反反 }

{ 正反，反正 }

{ 正反，反正，反反 }

{ 正正 } 基本事件

{ 正正， 反反 }

{ 正正， 反正 }

{ 正正， 反正，反反 }

{ 正正，正反 }

{ 正正，正反， 反反 }

{ 正正，正反，反正 }

{ 正正，正反，反正，反反 } 必然事件

补充

所有的事件都取决于

- 元素是否具有反反？
- 元素是否具有反正？
- 元素是否具有正反？
- 元素是否具有正正？

若包含元素为 1，不包含元素为 0，则所有的事件都对应“二进制的四位数”：

0000 ←------→ { }

0001 ←------→ { 反反 }

0010 ←------→ { 反正 }

0011 ←------→ { 反正，反反 }

0100 ←------→ { 正反 }

0101 ←------→ { 正反，反反 }

0110 ←------→ { 正反，反正 }

0111 ←------→ { 正反，反正，反反 }

1000 ←------→ { 正正 }

1001 ←------→ { 正正，反反 }

1010 ←------→ { 正正，反正 }

1011 ←------→ { 正正，反正，反反 }

1100 ←------→ { 正正，正反 }

1101 ←------→ { 正正，正反，反反 }

1110 ←------→ { 正正，正反，反正 }

1111 ←------→ { 正正，正反，反正，反反 }

●问题 3-2（掷硬币 n 次的试验的所有事件）

讨论掷硬币 n 次的试验。试问该试验一共有几个事件？

■解答 3-2

在掷硬币 n 次的试验中，必然事件的元素皆可表示成“n 个正反的排列”：

$$\underbrace{\text{正反反}\cdots\text{正反正}}_{n\text{个}}$$

因此，必然事件的元素共有 2^n 个（这也是基本事件的个数）。如同解答 3-1（见第 274 页）的做法，

$$\text{所有事件的个数} = 2^{\text{必然事件的元素数}} = 2^{2n}$$

答：2^{2^n} 个。

补充

在问题 3-2 的解答中，$n=2$ 时相当于问题 3-1 的情况。的确，$n=2$ 时，

$$2^{2^n} = 2^{2^2} = 2^4 = 16$$

这与问题 3-1 的答案一致。

●问题 3-3（互斥）

讨论掷骰子 2 次的试验。请从下述①～⑥的事件组合中，举出所有互斥的组合。其中，第 1 次掷出的点数为整数 a，第 2 次掷出现的点数为整数 b。

① $a=1$ 的事件与 $a=6$ 的事件

② $a=b$ 的事件与 $a \neq b$ 的事件

③ $a \leqslant b$ 的事件与 $a \geqslant b$ 的事件

④ a 为偶数的事件与 b 为奇数的事件

⑤ a 为偶数的事件与 ab 为奇数的事件

⑥ ab 为偶数的事件与 ab 为奇数的事件

■解答 3-3

若两事件不会同时发生，则为互斥关系；若两事件会同时发生，则非互斥关系。

① $a=1$ 的事件与 $a=6$ 的事件互斥。第 1 次掷出的点数 a，不会发生既是 1 又是 6 的情况。

② $a=b$ 的事件与 $a \neq b$ 的事件互斥。第 1 次和第 2 次掷出的点数，不会发生既相等又不相等的情况。

③ $a \leqslant b$ 的事件与 $a \geqslant b$ 的事件不互斥。例如，$a=1$、$b=1$ 的时候，可以同时满足 $a \leqslant b$ 和 $a \geqslant b$。

④ a 为偶数的事件与 b 为奇数的事件不互斥。例如，$a=2$、$b=1$ 的时候，满足 a 为偶数且 b 为奇数。

⑤ a 为偶数的事件与 ab 为奇数的事件互斥。若 a 为偶数，则 a 和 b 的乘积 ab 也会是偶数，而不会是奇数。

⑥ ab 为偶数的事件与 ab 为奇数的事件互斥。乘积 ab 不会发生既为偶数又为奇数的情况。

答：①、②、⑤、⑥。

另解

实际列举两个事件所包含的元素，若事件的交集为空集，则两者互斥；若交集不为空集，则两者不互斥。下面以图形描述事件：

① $a=1$ 的事件与 $a=6$ 的事件互斥。

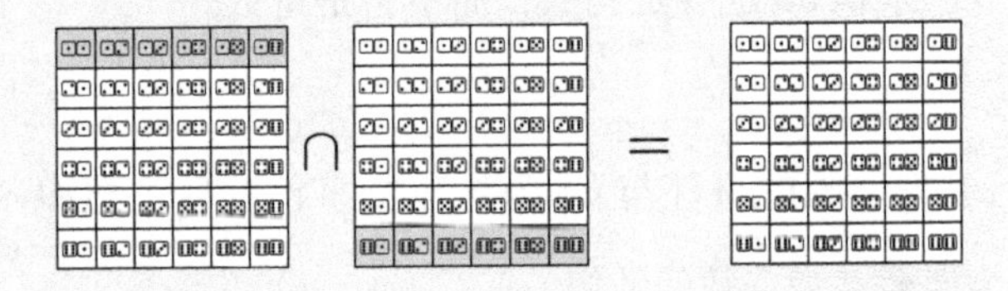

② $a=b$ 的事件与 ab 的事件互斥。

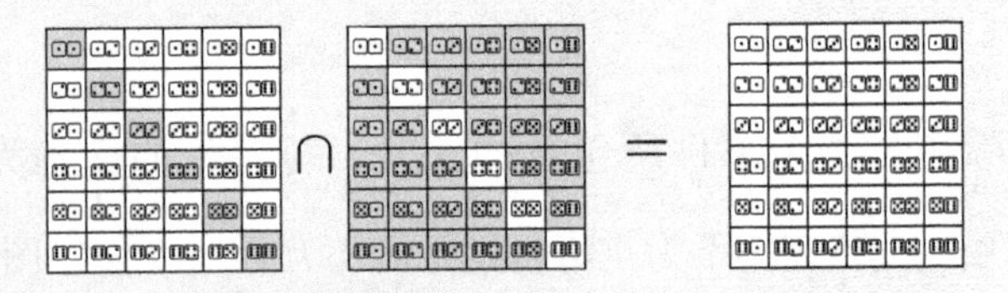

③ $a \leqslant b$ 的事件与 ab 的事件不互斥。

④ a 为偶数的事件与 b 为奇数的事件不互斥。

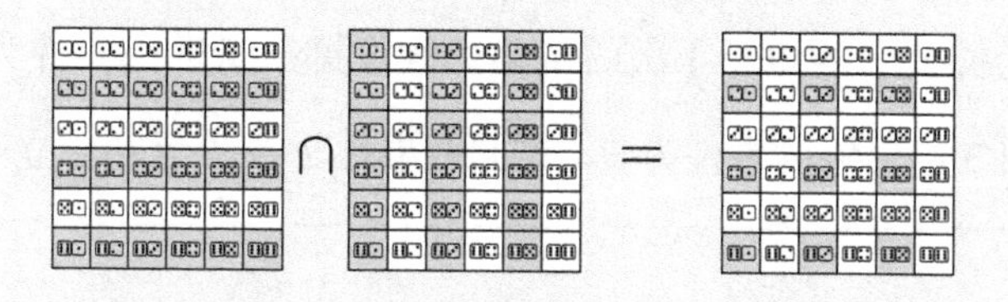

⑤ a 为偶数的事件与 ab 为奇数的事件互斥。

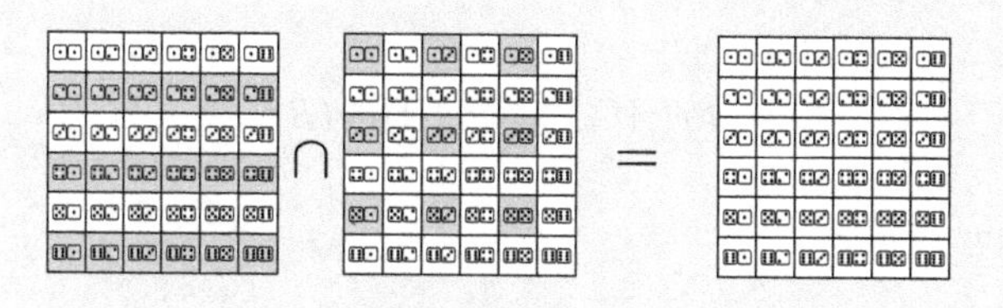

⑥ ab 为偶数的事件与 ab 为奇数的事件互斥。

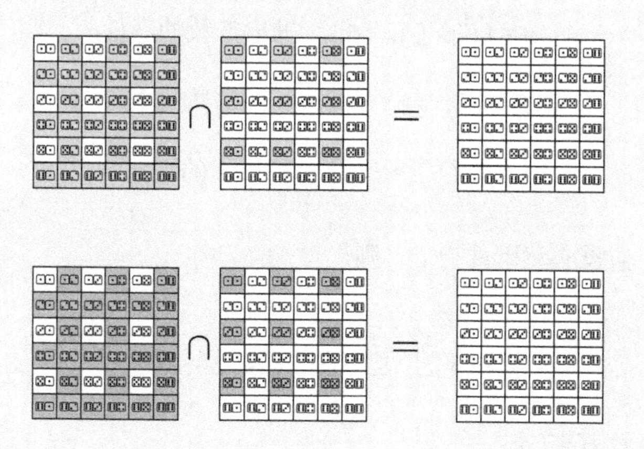

答：①、②、⑤、⑥。

●问题 3-4（互相独立）

讨论掷公平的骰子 1 次的试验。假设掷出奇数的事件为 A，掷出 3 的倍数的事件为 B，试问两事件 A 和 B 互相独立吗？

■解答 3-4

根据独立的定义，下式成立则两事件 A 和 B 互相独立

$$Pr(A \cap B) = Pr(A)Pr(B)$$

否则不互相独立。

分别使用骰子的点数表示 A、B 和 $A \cap B$，

$A = \{1, 3, 5\}$　掷出奇数的事件

$B = \{3, 6\}$　掷出 3 的倍数的事件

$A \cap B = \{3\}$　A 和 B 的交

另外，假设必然事件为 U，则

$$U = \{1, 2, 3, 4, 5, 6\}$$

接着计算概率

$$
\begin{aligned}
Pr(A \cap B) &= \frac{|A \cap B|}{|U|} \\
&= \frac{|\{\overset{3}{\text{⚂}}\}|}{|\{\overset{1}{\text{⚀}}, \overset{2}{\text{⚁}}, \overset{3}{\text{⚂}}, \overset{4}{\text{⚃}}, \overset{5}{\text{⚄}}, \overset{6}{\text{⚅}}\}|} \\
&= \frac{1}{6} \\
Pr(A)Pr(B) &= \frac{|A|}{|U|} \times \frac{|B|}{|U|} \\
&= \frac{|\{\overset{1}{\text{⚀}}, \overset{3}{\text{⚂}}, \overset{5}{\text{⚄}}\}|}{|\{\overset{1}{\text{⚀}}, \overset{2}{\text{⚁}}, \overset{3}{\text{⚂}}, \overset{4}{\text{⚃}}, \overset{5}{\text{⚄}}, \overset{6}{\text{⚅}}\}|} \times \frac{|\{\overset{3}{\text{⚂}}, \overset{6}{\text{⚅}}\}|}{|\{\overset{1}{\text{⚀}}, \overset{2}{\text{⚁}}, \overset{3}{\text{⚂}}, \overset{4}{\text{⚃}}, \overset{5}{\text{⚄}}, \overset{6}{\text{⚅}}\}|} \\
&= \frac{3}{6} \times \frac{2}{6} \\
&= \frac{1}{2} \times \frac{1}{3} \\
&= \frac{1}{6}
\end{aligned}
$$

可知下式成立：

$$Pr(A \cap B) = Pr(A)Pr(B)$$

因此，事件 A 和 B 互相独立。

补充

掷出 3 的倍数的概率是

$$\frac{|\{\overset{3}{⚂},\overset{6}{⚅}\}|}{|\{\overset{1}{⚀},\overset{2}{⚁},\overset{3}{⚂},\overset{4}{⚃},\overset{5}{⚄},\overset{6}{⚅}\}|}=\frac{2}{6}=\frac{1}{3}$$

另外加上掷出奇数的条件，掷出 3 的倍数的概率仍旧是

$$\frac{\{\overset{3}{⚂}\}}{|\{\overset{1}{⚀},\overset{3}{⚂},\overset{5}{⚄}\}|}=\frac{1}{3}$$

换言之，掷出奇数的条件，并不影响掷出 3 的倍数的概率。直观来说，这就是事件互相独立的意思。

●问题 3-5（互相独立）

讨论掷公平的硬币 2 次的试验。请从下述①～④的组合中，举出所有事件 A 和 B 互相独立的组合。其中，硬币的正反面分别表示 1 和 0，假设第 1 次掷出的数为 m，第 2 次掷出的数为 n。

① $m=0$ 的事件 A 与 $m=1$ 的事件 B

② $m=0$ 的事件 A 与 $n=1$ 的事件 B

③ $m=0$ 的事件 A 与 $mn=0$ 的事件 B

④ $m=0$ 的事件 A 与 $m \neq n$ 的事件 B

■解答 3-5

根据独立的定义，下式成立则两事件 A 和 B 互相独立

$$Pr(A\cap B)=Pr(A)Pr(B)$$

否则不互相独立。

① m=0 的事件 A 与 m=1 的事件 B 不互相独立。因为

$$Pr(A\cap B)=0，Pr(A)=\frac{1}{2}，Pr(B)=\frac{1}{2}$$

所以

$$Pr(A\cap B)\neq Pr(A)Pr(B)$$

② m=0 的事件 A 与 n=1 的事件 B 互相独立。因为

$$Pr(A\cap B)=\frac{1}{4}，Pr(A)=\frac{1}{2}，Pr(B)=\frac{1}{2}$$

所以

$$Pr(A\cap B)=Pr(A)Pr(B)$$

③ m=0 的事件 A 与 mn=0 的事件 B 不互相独立。因为

$$Pr(A\cap B)=\frac{1}{2}，Pr(A)=\frac{1}{2}，Pr(B)=\frac{3}{4}$$

所以

$$Pr(A\cap B)\neq Pr(A)Pr(B)$$

④ m=0 的事件 A 与 $m\neq n$ 的事件 B 互相独立。因为

$$Pr(A \cap B) = \frac{1}{4}，\ Pr(A) = \frac{1}{2}，\ Pr(B) = \frac{1}{2}$$

所以

$$Pr(A \cap B) = Pr(A)Pr(B)$$

答：②、④。

●问题 3-6（互斥与互相独立）

试着回答下述问题：

① 若事件 A 和 B 互斥，则可以说事件 A 和 B 互相独立吗？

② 若事件 A 和 B 互相独立，则可以说事件 A 和 B 互斥吗？

■解答 3-6

① 即便事件 A 和 B 互斥，也不可以说两者互相独立。例如，在掷硬币 1 次的试验中，掷出正面的事件 A 和掷出反面的事件 $B=\overline{A}$ 互斥，但不互相独立。实际上，虽然 $Pr(A)=\frac{1}{2}$、$Pr(B)=\frac{1}{2}$，但 $Pr(A \cap B)=0$，所以

$$Pr(A \cap B) \neq Pr(A)Pr(B)$$

另外，解答 3-5 的①也是互斥但不互相独立的例子。

② 即便事件 A 和 B 互相独立，也不可以说两者互斥。例如，在掷硬币 2 次的试验中，第 1 次掷出正面的事件 A 和第 2 次掷出

正面的事件 B 互相独立，但两者不互斥。另外，解答 3-5 的②也是互相独立但不互斥的例子。

补充

假设事件 A 和 B 皆不为不可能事件，此时，若事件 A 和 B 互斥，则绝不互相独立。

因为事件 A 和 B 互斥，所以

$$Pr(A \cap B) = 0$$

又因为事件 A 和 B 皆不为不可能事件，所以 $Pr(A) \neq 0$、$Pr(B) \neq 0$，

$$Pr(A)Pr(B) \neq 0$$

可得

$$Pr(A \cap B) \neq Pr(A)Pr(B)$$

●问题 3-7（条件概率）

下述问题是第 2 章末的问题 2-3（第 79 页）。请用试验、事件、条件概率等词汇，整理并求解该问题。

依次掷 2 枚公平的硬币，已知至少 1 枚掷出正面，试求 2 枚皆为正面的概率。

■解答 3-7

讨论依次掷 2 枚公平的硬币的试验。分别定义如下事件 A 和 B：

A= “至少 1 枚掷出正面的事件”

B= “2 枚皆为正面的事件”

想求的目标是，在发生事件 A 的条件下，发生事件 B 的条件概率 $Pr(B|A)$。

假设必然事件为 U，则 U、A、$A\cap B$ 分别为

U={ 正正，正反，反正，反反 }

A={ 正正，正反，反正 }

$A\cap B$={ 正正 }

因此，概率 $Pr(A)$ 和 $Pr(A\cap B)$ 分别为

$$\begin{aligned} Pr(A) &= \frac{|A|}{|u|} \\ &= \frac{3}{4} \\ Pr(A\cap B) &= \frac{|A\cap B|}{|u|} \\ &= \frac{1}{4} \end{aligned}$$

使用两者计算概率 $Pr(B|A)$：

$$Pr(B \mid A) = \frac{Pr(A \cap B)}{Pr(A)}$$ 由条件概率的定义得到

$$= \frac{\frac{1}{4}}{\frac{3}{4}}$$

$$= \frac{1}{3}$$

答：$\frac{1}{3}$。

●问题 3-8（条件概率）

讨论将 12 张花牌充分洗牌后抽出 1 张牌的试验。假设事件 A 和 B 分别为

$$A = \text{抽出♡的事件}$$
$$B = \text{抽出 Q 的事件}$$

试着分别求出下述的概率：

① 在发生事件 A 的条件下，发生事件 $A \cap B$ 的条件概率 $Pr(A \cap B|A)$

② 在发生事件 $A \cup B$ 的条件下，发生事件 $A \cap B$ 的条件概率 $Pr(A \cap B|A \cup B)$

■解答 3-8

根据条件概率的定义，使用以下概率来计算：

$$Pr(A \cap B) = \frac{1}{12}，\ Pr(A \cup B) = \frac{1}{2}，\ Pr(A) = \frac{1}{4}$$

①

$$
\begin{aligned}
Pr(A\cap B\mid A) &= \frac{Pr(A\cap(A\cap B))}{Pr(A)} && \text{由条件概率的定义得到}\\
&= \frac{Pr(A\cap B)}{Pr(A)} && \text{因为 } A\cap(A\cap B)=A\cap B\\
&= \frac{\frac{1}{12}}{\frac{1}{4}}\\
&= \frac{1}{12}\times\frac{4}{1}\\
&= \frac{1}{3}
\end{aligned}
$$

②

$$
\begin{aligned}
Pr(A\cap B\mid A\cup B) &= \frac{Pr((A\cup B)\cap(A\cap B))}{Pr(A\cup B)} && \text{由条件概率的定义得到}\\
&= \frac{Pr(A\cap B)}{Pr(A\cup B)} && \text{因为 } (A\cup B)\cap(A\cap B)=A\cap B\\
&= \frac{\frac{1}{12}}{\frac{1}{2}}\\
&= \frac{1}{12}\times\frac{2}{1}\\
&= \frac{1}{6}
\end{aligned}
$$

答：①$\frac{1}{3}$。②$\frac{1}{6}$。

补充

请注意①和②的大小关系：

① 在发生事件 A 的条件下，发生事件 $A \cap B$ 的条件概率 $Pr(A \cap B \mid A) = \frac{1}{3}$；

② 在发生事件 $A \cup B$ 的条件下，发生事件 $A \cap B$ 的条件概率 $Pr(A \cap B \mid A \cup B) = \frac{1}{6}$。

换言之：

① 在已知抽出♡的前提下，牌面实际为♡Q的概率 $Pr(A \cap B \mid A) = \frac{1}{3}$

③ 在已知抽出♡或Q的前提下，牌面实际为♡Q的概率 $Pr(A \cap B \mid A \cup B) = \frac{1}{6}$

由此可知

$$Pr(A \cap B \mid A) > Pr(A \cap B \mid A \cup B)$$

其大小关系可能令人感到意外。因为比起“抽出♡”，可能会觉得“抽出♡或Q”的前提下抽出♡Q的可能性比较高。然而，实际上是以“抽出♡”为前提的条件概率比较大。

第 4 章的解答

●问题 4-1（结果都呈阳性的检查）

检查 B′是结果都呈阳性的检查（见第 144 页）。假设 u 个检查对象中，患疾病 X 的比例为 p（$0 \leqslant p \leqslant 1$）。求全部 u 人做检查 B′时的①～⑥的人数，请使用 u 和 p 将表格填满。

	患病	未患病	合计
阳性	①	②	①+②
阴性	③	④	③+④
合计	⑤	⑥	u

■解答 4-1

因为 u 个检查对象中患疾病 X 的比例为 p，所以未患病的比例为 $1-p$

$$⑤=pu，⑥=(1-p)u$$

因为检查 B′的检验结果总是呈阳性，所以

$$①=⑤=pu，②=⑥=(1-p)u$$

$$③=0，④=0$$

因此，表格如下所示：

	患病	未患病	合计
阳性	pu	$(1-p)u$	u
阴性	0	0	0
合计	pu	$(1-p)u$	u

●问题 4-2（母校与性别）

某高中某班级的男女学生共有 u 人，他们毕业于 A 中或者 B 初中。已知从 A 初中毕业的 a 人当中，有 m 位男学生，而从 B 初中毕业的女学生有 f 人。假设全班抽签选出 1 位男学生，请用 u、a、m、f 表示这位学生毕业于 B 初中的概率。

■解答 4-2

根据题意，如下列出表格：

	男学生	女学生	合计
毕业于 A 初中	m		a
毕业于 B 初中		f	
合计			u

填满空白部分后，表格如下所示：

	男学生	女学生	合计
毕业于 A 初中	m	$a-m$	a
毕业于 B 初中	$u-a-f$	f	$u-a$
合计	$m+u-a-f$	$a-m+f$	u

因此，想求的概率是

$$\frac{\text{毕业于B初中的男学生}}{\text{男学生}} = \frac{u-a-f}{m+u-a-f}$$

答：$\frac{u-a-f}{m+u-a-f}$。

补充

填满空栏部分的步骤如下：

① 毕业于 B 初中的学生 $=u-a$

② 毕业于 A 初中的女学生 $=a-m$

③ 女学生 = 毕业于 A 初中的女学生 $+f=a-m+f$

④ 毕业于 B 初中的男学生 = 毕业于 B 初中的学生 $-f=u-a-f$

⑤ 男学生 $=m+$ 毕业于 B 初中的男学生 $=m+u-a-f$

●问题 4-3（广告效果的调查）

为了调查广告效果，向顾客发出“是否见过这个广告？”的问卷，总共收到 u 个顾客的回应。已知 M 个男性当中，有 m 个见过广告，而见过广告的女性有 f 个，请用 u、M、m、f 分别表示下述的 p_1、p_2。

① 给出回应的女性当中，答复未见过广告的女性的比例是 p_1。

② 答复未见过广告的顾客当中，女性的比例是 p_2。

假设 p_1 和 p_2 皆为大于 0 小于 1 的实数。

■解答 4-3

根据题意，如下列出表格：

	男性	女性	合计
见过广告	m	f	
未见过广告			
合计	M		u

填满空白部分后，表格如下所示：

	男性	女性	合计
见过广告	m	f	$m+f$
未见过广告	$M-m$	$u-M-f$	$u-m-f$
合计	M	$u-M$	u

① 给出回应的女性当中，回答未见过广告的女性的比例 p_1 是

$$p_1 = \frac{\text{未见过广告的女性人数}}{\text{女性人数}} = \frac{u-M-f}{u-M}$$

②回答未见过广告的顾客当中，女性的比例 p_2 是

$$p_2 = \frac{\text{未见过广告的女性人数}}{\text{未见过广告的人数}} = \frac{u-M-f}{u-m-f}$$

答：①$p_1 = \dfrac{u-M-f}{u-M}$。②$p_2 = \dfrac{u-M-f}{u-m-f}$。

●问题 4-4（全概率定理）

关于事件 A 和 B，试证若 $Pr(A) \neq 0$、$Pr(\overline{A}) \neq 0$，则下式成立：

$$Pr(B) = Pr(A)Pr(B \mid A) + Pr(\overline{A})Pr(B \mid \overline{A})$$

■解答 4-4

根据 B 的元素是否属于 A 来分类。

- B 的元素当中，同时属于 A 的所有元素的集合是 $A \cap B$。
- B 的元素当中，不属于 A 的所有元素的集合是 $\overline{A} \cap B$。

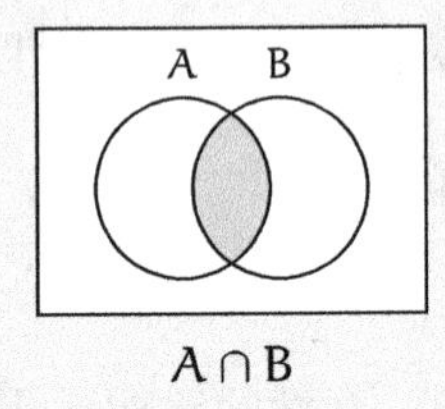

A∩B

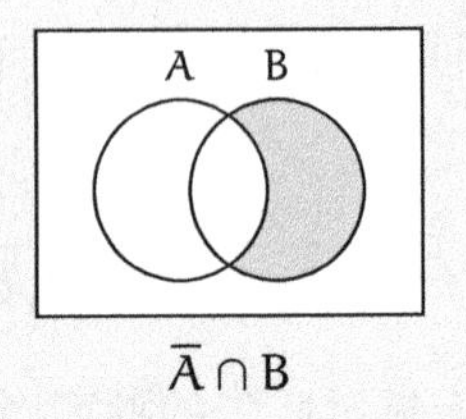

Ā∩B

因此，下式成立：

$$B=(A\cap B)\cup(\bar{A}\cap B)$$

因为两事件$A\cap B$和$\bar{A}\cap B$互斥，所以使用概率的加法定理，可得

$$\begin{aligned}Pr(B)&=Pr\left((A\cap B)\cup(\bar{A}\cap B)\right)\\&=\underbrace{Pr(A\cap B)}_{①}+\underbrace{Pr(\bar{A}\cap B)}_{②}\end{aligned}$$

又根据概率的乘法定理，可得

$$\begin{cases}①=Pr(A\cap B)=Pr(A)Pr(B\mid A)\\②=Pr(\bar{A}\cap B)=Pr(\bar{A})Pr(B\mid\bar{A})\end{cases}$$

因此，下式成立：

$$Pr(B)=\underbrace{Pr(A)Pr(B\mid A)}_{①}+\underbrace{Pr(\bar{A})Pr(B\mid\bar{A})}_{②}$$

（证明完毕）

补充

这题也可使用蒂蒂在第 4 章使用的图形来讨论：

$$Pr(A)Pr(B \mid A) = Pr(\bar{A})Pr(B \mid \bar{A}) =$$

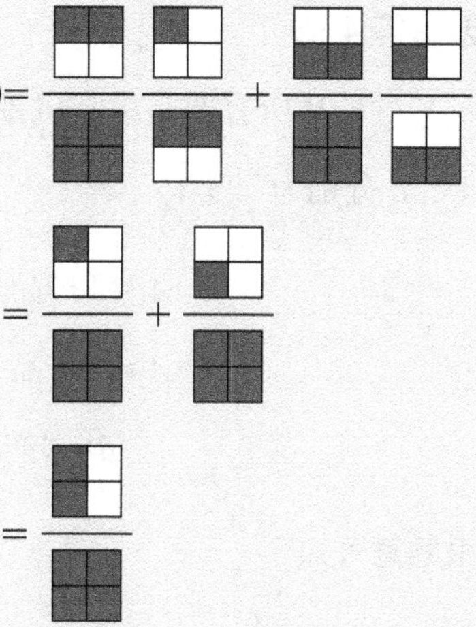

$$= Pr(B)$$

因此，可得

$$Pr(B) = Pr(A)Pr(B \mid A) + Pr(\bar{A})Pr(B \mid \bar{A})$$

●问题 4-5（不合格产品）

已知 A_1、A_2 两间工厂生产同样的产品，工厂 A_1、A_2 生产的产品数比例分别为 r_1、r_2（$r_1+r_2=1$）。另外，工厂 A_1、A_2 的产品不合格概率分别为 p_1、p_2。请用 r_1、r_2、p_1、p_2 表示从所有产品中随机抽选 1 个产品的不合格概率。

■解答 4-5

讨论从所有产品中随机抽选 1 个产品的试验，假设事件 A_1、A_2、B 分别为

A_1= “产品来自工厂 A_1 的事件”

A_2= “产品来自工厂 A_2 的事件”

B= “产品不合格的事件”

由题意可知

$Pr(A_1) = r_1$ （所有产品当中，工厂 A_1 的产品比例）

$Pr(A_2) = r_2$ （所有产品当中，工厂 A_2 的产品比例）

$Pr(B \mid A_1) = p_1$ （工厂 A_1 的产品不合格比例）

$Pr(B \mid A_2) = p_2$ （工厂 A_2 的产品不合格比例）

由 $\overline{A_1} = A_2$ 可知，想求的概率 $Pr(B)$ 是

$$
\begin{aligned}
Pr(B) &= Pr(A_1)Pr(B \mid A_1) + Pr(\overline{A_1})Pr(B \mid \overline{A_1}) && \text{根据全概率定理} \\
&= Pr(A_1)Pr(B \mid A_1) + Pr(A_2)Pr(B \mid A_2) && \text{由 } \overline{A_1} = A_2 \text{ 得到} \\
&= r_1 p_1 + r_2 p_2
\end{aligned}
$$

答： $r_1 p_1 + r_2 p_2$。

补充

这题也可假设所有产品数为 u，如下列出表格来讨论：

	不合格产品	合格产品	合计
产品来自工厂 A_1 产品来自工厂 A_2	r_1p_1u r_2p_2u	$r_1(1-p_1)u$ $r_2(1-p_2)u$	r_1u r_2u
合计	$r_1p_1u+r_2p_2u$	$r_1(1-p_1)u+r_2(1-p_2)u$	u

根据此表格，想求的概率 $Pr(B)$ 是

$$Pr(B)=\frac{r_1p_1u+r_2p_2u}{u}=r_1p_1+r_2p_2$$

这题也可使用表格直接通过概率来讨论：

	B	$\bar{B}$	合计
A_1 A_2	r_1p_1 r_2p_2	$r_1(1-p_1)$ $r_2(1-p_2)$	r_1 r_2
合计	$r_1p_1+r_2p_2$	$r_1(1-p_1)+r_2(1-p_2)$	1

因此，想求的概率 $Pr(B)$ 可这样求得：

$$\begin{aligned}Pr(B)&=Pr((A_1\cap B)\cup(\bar{A}_1\cap B))\\&=Pr(A_1\cap B)+Pr(\bar{A}_1\cap B)\quad \text{由加法定理（互斥的情况）得到}\\&=Pr(A_1\cap B)+Pr(A_2\cap B)\\&=r_1p_1+r_2p_2\end{aligned}$$

●问题 4-6（验收机器人）

假设大量的零件中，满足质量标准的合格品有 98%，不合格品有 2%。将零件交给验收机器人，显示 GOOD 或者 NO GOOD 验收结果的概率如下：

- 验收合格品的时候，验收结果有 90% 的概率为 GOOD；
- 验收不合格品的时候，验收结果有 70% 的概率为 NO GOOD。

已知随机抽选零件交给验收机器人，验收结果为 NO GOOD，试求该零件实际为不合格品的概率。

■解答 4-6

列出表格，讨论从所有零件中抽选 1 个进行验收的试验，假设事件 G 和 C 是

G= “验收结果为 GOOD 的事件”

C= “该零件为不合格品的事件”

由合格品的比例为 98% 和不合格品的比例为 2%，可知

$$Pr(C) = 0.98\text{，}\ Pr(\overline{C}) = 0.02$$

概率的表格如下所示：

	C	$\bar{C}$	合计
G $\bar{G}$	① ③	② ④	①+② ③+④
合计	0.98	0.02	1

依次计算①、②、③、④的概率。

因为合格品的验收结果有 90% 的概率为 GOOD，所以 $Pr(G|C)$ =0.9。

$$\begin{aligned}① &= Pr(C \cap G) \\ &= Pr(C)Pr(G \mid C) \quad \text{由乘法定理得到} \\ &= 0.98 \times 0.9 \\ &= 0.882\end{aligned}$$

由于① + ③ =0.98，

$$\begin{aligned}③ &= 0.98 - ① \\ &= 0.98 - 0.882 \\ &= 0.098\end{aligned}$$

因为不合格品的验收结果有 70% 的概率为 NO GOOD，所以 $Pr(\bar{G} \mid \bar{C})$ =0.7

$$\begin{aligned}④ &= Pr(\bar{C} \cap \bar{G}) \\ &= Pr(\bar{C})Pr(\bar{G} \mid \bar{C}) \quad \text{由乘法定理得到} \\ &= 0.02 \times 0.7 \\ &= 0.014\end{aligned}$$

由于② + ④ =0.02，

$$
\begin{aligned}
② &= 0.02 - ④ \\
&= 0.02 - 0.014 \\
&= 0.006
\end{aligned}
$$

因此，概率的表格如下所示：

	C	C	合计
G $\overline{G}$	0.882 0.098	0.006 0.014	0.888 0.112
合计	0.98	0.02	1

想求的概率 $Pr(\overline{C} \mid \overline{G})$ 是

$$
\begin{aligned}
Pr(\overline{C} \mid \overline{G}) &= \frac{Pr(\overline{G} \cap \overline{C})}{Pr(\overline{G})} \\
&= \frac{0.014}{0.112} \\
&= 0.125
\end{aligned}
$$

答： 12.5%（0.125）。

补充

这题可假设零件总数为 1000，如下列出表格来帮助理解：

	C	$\overline{C}$	合计
G $\overline{G}$	882 98	6 14	888 112
合计	980	20	1000

第 5 章的解答

●问题 5-1（二项式系数）

已知展开 $(x+y)^n$ 后，$x^k y^{n-k}$ 的系数等于二项式系数 $\binom{n}{k}$ $(k=0, 1, 2, \cdots, n)$。试实际计算较小的 n 的情况来确认。

① $(x+y)^1=$

② $(x+y)^2=$

③ $(x+y)^3=$

④ $(x+y)^4=$

■解答 5-1

① 展开 $(x+y)^1$：

$$\begin{aligned}(x+y)^1 &= x+y \\ &= 1x^1y^0+1x^0y^1\end{aligned}$$

② 展开 $(x+y)^2$：

$$\begin{aligned}(x+y)^2 &= (x+y)(x+y) \\ &= (x+y)x+(x+y)y \\ &= xx+yx+xy+yy \\ &= x^2+xy+xy+y^2 \\ &= x^2+2xy+y^2 \quad \text{同类项相加} \\ &= 1x^2y^0+2x^1y^1+1x^0y^2\end{aligned}$$

③ 展开 $(x+y)^3$ 时可利用②：

$$\begin{aligned}(x+y)^3 &= (x+y)^2(x+y)\\ &= (\underbrace{x^2+2xy+y^2}_{②})(x+y)\\ &= (x^2+2xy+y^2)x+(x^2+2xy+y^2)y\\ &= x^3+2x^2y+xy^2+x^2y+2xy^2+y^3\\ &= x^3+3x^2y+3xy^2+y^3 \quad \text{同类项相加}\\ &= 1x^3y^0+3x^2y^1+3x^1y^2+1x^0y^3\end{aligned}$$

④ 展开 $(x+y)^4$ 时可利用③：

$$\begin{aligned}(x+y)^4 &= (x+y)^3(x+y)\\ &= (\underbrace{x^3+3x^2y+3xy^2+y^2}_{③})(x+y)\\ &= (x^3+3x^2y+3xy^2+y^3)x+(x^3+3x^2y+3xy^2+y^3)y\\ &= x^4+3x^3y+3x^2y^2+xy^3+x^3y+3x^2y^2+2xy^3+y^4\\ &= x^4+4x^3y+6x^2y^2+4xy^3+y^4 \quad \text{同类项相加}\\ &= 1x^4y^0+4x^3y^1+6x^2y^2+4x^1y^3+1x^0y^4\end{aligned}$$

补充

将 $(x^3+3x^2y+3xy^2+y^3)(x+y)$ 写成竖式计算，强调二项式的系数：

$$\begin{array}{rrrrr} & 1x^3y^0 & +3x^2y^1 & +3x^1y^2 & +1x^0y^3\\ \times & & & 1x^1y^0 & +1x^0y^1\\ \hline & 1x^3y^1 & +3x^2y^2 & +3x^1y^3 & +1x^0y^4\\ 1x^4y^0 & +3x^3y^1 & +3x^2y^2 & +1x^1y^3 & \\ \hline 1x^4y^0 & +4x^3y^1 & +6x^2y^2 & +4x^1y^3 & +1x^0y^4\end{array}$$

观察系数可知，这跟 1331×11 是相同的计算[①]。另外，同类项相加的计算，对应杨辉三角形中的加法。

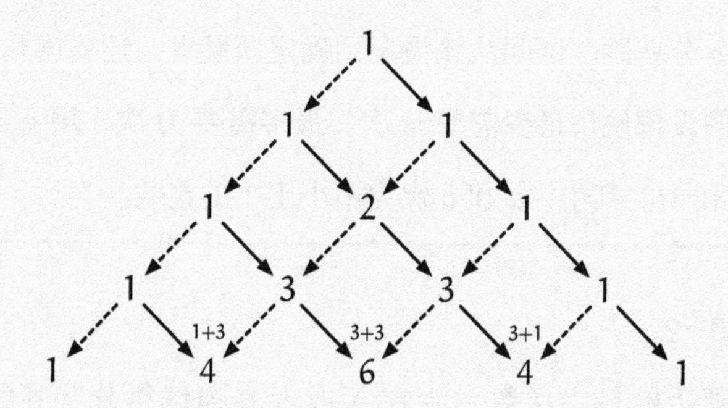

① 但是要注意进位的情况，$(x+y)^5$ 的系数无法通过单纯计算 14641×11 来求得。

●问题 5-2（掷硬币的次数）

在前面对话中的“未分胜负的比赛”，已知 A 还差 a 分、B 还差 b 分获胜。试问从该情况到确定获胜者，还要掷几次硬币？假设掷硬币最少需要 m 次，最多需要 M 次，用 a、b 表示 m 和 M。其中，a 和 b 皆为不小于 1 的整数。

■解答 5-2

掷硬币的最少次数发生在 A 或者 B 连续得分获胜的时候。因此，m 会是 a、b 中较小的数值（$a \neq b$ 时，m 为较小的数值；$a=b$ 时，m 为二者其中之一）。换言之，

$$m = \begin{cases} a & a \leqslant b \text{的时候} \\ b & a \geqslant b \text{的时候} \end{cases}$$

这也可记为[①]

$$m = \min\{a, b\}$$

掷硬币的最多次数发生在 A 和 B 的比赛胶着到都还差 1 分获胜，由最后一次掷确定获胜者的时候。因此，M 是“A 距离还差 1 分获胜相差的次数 $a-1$”加上“B 距离还差 1 分获胜相差的次数 $b-1$”再加上 1：

① min 是最小值 (minimum value) 的意思。

$$M=(a-1)+(b-1)+1=a+b-1$$

答：$m=\min\{a, b\}$、$M=a+b-1$。

补充

使用坐标平面上的点 $(x, y)=(a, b)$，描述 A 还差 a 分、B 还差 b 分获胜的情况，并将从坐标平面上的点 (x, y) 移动至 $(x-1, y)$ 表达成“向左 1 步”，将从点 (x, y) 移动至 $(x, y-1)$ 表达成“向下 1 步”。此时，m 值是从点 (a, b) 移动至 $(0, b)$ 或者 $(a, 0)$ 的步数最小值，而 M 值是移动至点 $(0, 1)$ 或者 $(1, 0)$ 的步数。

例如，$a=3$、$b=2$ 的时候，实际确认 m 和 M 的数值。

从点 $(3, 2)$ 移动至点 $(0, 2)$ 需要 3 步，移动至点 $(3, 0)$ 需要 2 步，其中最小值为 2，的确是 $m=\min\{3, 2\}=2$。

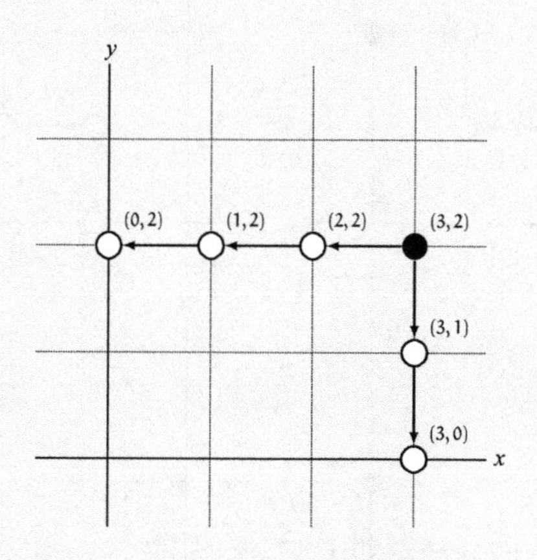

**从点 (3,2) 移动至点 (0,2) 需要 3 步，
从点 (3,2) 移动至点 (3,0) 需要 2 步**

另外，从点 (3, 2) 移动到点 (0, 1) 或者点 (1, 0) 需要 4 步，的确是 $M=a+b-1=3+2-1=4$。从点 (3, 2) 移动到点 (0, 1) 或者点 (1, 0) 时，肯定要通过点 (1, 1)。点 (1, 1) 对应比赛最胶着的情况。

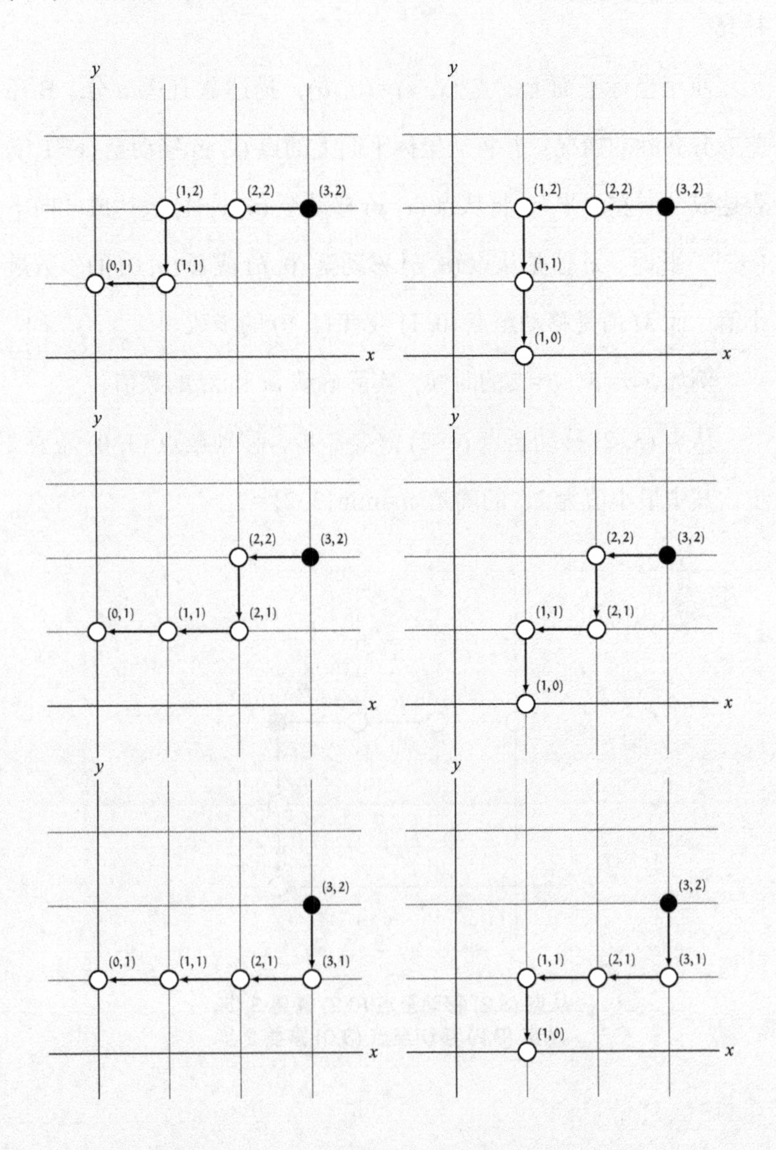

献给想深入思考的你

除了本书的数学对话，我给想深入思考的你准备了研究问题。本书不会给出答案，而且答案可能不止一个。

请试着自己解题，或者找其他对这些问题感兴趣的人一起思考吧。

第 1 章　概率 $\frac{1}{2}$ 之谜

●**研究问题 1-X1（概率与相对频率）**

在第 1 章中，讨论了概率和相对频率。你也实际尝试掷硬币，看看是掷出正面还是反面吧。请统计掷硬币 M 次时掷出正面的次数 m，以 M 为横轴、相对频率 $\frac{m}{M}$ 为纵轴来画图。

●**研究问题 1-X2（进行模拟）**

在第 1 章中，讨论了掷硬币时下述两者的差异（第 41 页）。

- 正反面掷出次数的“差值”
- 掷次数中掷出正面次数的“比值”

请使用你熟悉的程序语言，编写反复输出 0 或者 1 的随机生成程序，试着实际查看“差值”和“比值”如何变化。

●研究问题 1-X3（有关概率的描述）

在第 1 章中，探讨了“概率是 $\frac{1}{2}$”“每 2 次发生 1 次”的描述。试着调查你身边类似的描述，并探讨该描述的含义。在探讨的时候，除了“该描述在数学上正确与否”外，也要考虑“该描述想表达什么概念”。

●研究问题 1-X4（“容易发生的程度”与“概率”）

在第 1 章中，比较了“容易发生的程度”和“概率”的关系，与“温暖的程度”和“温度”的关系（第 8 页）。在你的身边是否也有类似关系的事物呢？试着寻找看看吧。

第 2 章　在整体中占多少比例?

●研究问题 2-X1（以什么为整体）

请试着探讨新闻中的“百分比”是“以什么为整体”，并将百分比转换成具体的数量。例如，看到“商品 X 的营收增加 30%”的描述后，调查这是以什么为 100% 时的 30%，将营收从“增加 30%”转换成“增加多少元”。

●研究问题 2-X2（抽出牌组的概率）

在扑克牌的游戏中，由 5 张牌决定牌型。最强的牌型是同花大顺，由相同花色的 10、J、Q、K、A 这 5 张牌组成。请计算将 52 张牌充分洗牌后，抽出 5 张形成同花大顺的概率。另外，请也试着计算其他牌组的概率。

●研究问题 2-X3（抽签的顺序）

已知 100 张签条中含有 1 张“中奖”签，100 位会员每人依次抽出 1 张，且抽出后不放回。试问早抽和晚抽的“中奖”概率是否会有不同？

●研究问题 2-X4（轮盘游戏与安全装置）

在“中奖”概率为 $\frac{1}{100}$ 的轮盘游戏中，连续出现 10 次“中奖”的概率是

$$\underbrace{\frac{1}{100}\times\cdots\times\frac{1}{100}}_{10\text{个}}=\frac{1}{100^{10}}=\frac{1}{\underbrace{100000000000000000000}_{20\text{个}0}}$$

假设某台机器装有 10 个故障概率为 $\frac{1}{100}$ 的安全装置，可以说所有安全装置皆发生故障的概率与以下值相同吗？

$$\frac{1}{\underbrace{100000000000000000000}_{20\text{个}0}}$$

请讨论什么情况下相同，什么情况下不相同。

第 3 章　条件概率

●研究问题 3-X1（反复操作）

在第 3 章讨论概率时，提到了反复操作的前提（第 85 页）。那么，在探讨仅发生 1 次的事物时，能够讨论概率吗？仅发生 1 次的事物的例子有特定人物的诞生、特定日期特定场所的降雨等等。

●研究问题 3-X2（子集与事件）

在第 3 章中，提到了用集合表示事件的描述。集合 A 是集合 B 的子集，若用 A 和 B 表示事件，则事件 A 和 B 具有什么样的关系呢？其中，所谓集合 A 是集合 B 的子集，是指集合 A 中的任意元素同时也属于集合 B，记为①

$$A \subset B$$

① 有时也记为 $A \subseteq B$、$A \subseteqq B$。

第 4 章　攸关性命的概率

●研究问题 4-X1（检查复数次）

在第 4 章中，讨论了检查 1 次的结果呈阳性的情况。那么，检查多次的情况会如何呢？

●研究问题 4-X2（全概率定理）

请证明一般化的全概率定理。

$$Pr(B) = Pr(A_1)Pr(B \mid A_1) + \cdots + Pr(A_n)Pr(B \mid A_n)$$

其中，n 个事件 A_1、……、A_n 中任意两个皆互斥，$A_1 \cdots A_n$ 等于必然事件，$Pr(A_1)$、……、$Pr(A_n)$ 皆不为 0。

第 5 章　未分胜负的比赛

●研究问题 5-X1（3 颗骰子）

伽利略 · 伽利莱[①]曾经实际反复掷 3 颗骰子，测试“点数合计为 9 的情况”和“点数合计为 10 的情况”哪一种比较容易出现，并且计算了情况数。你也实际尝试看看吧。

●研究问题 5-X2（有偏差的硬币）

在第 5 章的“未分胜负的比赛”中，进行了掷公平的硬币的比赛。若是使用有偏差的硬币（掷出正面的概率不为 $\frac{1}{2}$ 的硬币），该怎么分配奖金呢？

① Galileo Galilei (1564—1642)。

●研究问题 5-X3（概率与期望值）

在“附录：期望值”（第 237 页）中，说明了随机变量（由试验结果决定数值的变量）与期望值。讨论概率为 p 的抽出中奖签的试验，假设随机变量 X 中奖时数值为 1，未中奖时数值为 0。此时，期望值 $E[X]$ 代表什么意思呢？

●研究问题 5-X4（式子变形）

在第 5 章的解答 5-2（一般化“未分胜负的比赛”）中，求得（见第 229 页）

$$P(a,\ b)=\frac{1}{2^n}\sum_{k=0}^{b-1}\binom{n}{k}$$

$$Q(a,\ b)=\frac{1}{2^n}\sum_{k=b}^{n}\binom{n}{k}$$

请证明函数 P 和 Q 满足如同第 5 章中分析的下述关系：

$$P(a,\ b)=Q(b,\ a)$$

其中，a、b 为不小于 1 的整数，且 $n=a+b-1$。

后记

大家好，我是结城浩。

感谢各位阅读《数学女孩的秘密笔记：概率篇》。

本书围绕着多个话题展开讨论，内容包含概率与容易发生程度的关系、相对频率与概率的差异、概率与集合的关系、条件概率、假阳性与假阴性、未分胜负的比赛、使用图表讨论概率等等。

各位是否与女孩们一同愉快地体验了“概率的冒险”呢？

许多人不擅长处理概率的问题，期望各位读者能够通过本书，养成思考“以什么为整体”的习惯。

“数学女孩的秘密笔记”系列，是以平易近人的数学为题材，讲述高中生们探讨数学知识的故事。

这些角色亦活跃于另一个系列“数学女孩”中，该系列是以更深奥的数学为题材所写成的青春校园故事。本书仅讨论概率中的古典概型定义，而《数学女孩：随机算法》也涉及古典概率、统计概型以及现代数学常用的概率公理。

请继续支持“数学女孩”与“数学女孩的秘密笔记”这两个系列！

日文原书使用 LaTeX2 与 Euler Font（AMSEuler）排版。排版参考了奥村晴彦老师所作的《LaTeX2 美文书编写入门》，绘图则使用 OmniGraffle、TikZ、TeX2img 等软件作成，在此表示感谢。

感谢下列各位，以及许多不具名的人们，阅读我的原稿，并提供宝贵的意见。当然，本书内容若有错误，皆为我的疏失，并非他们的责任。

安福智明、安部哲哉、井川悠佑、石宇哲也、稻叶一浩、上原隆平、植松弥公、大上丈彦 (medaka-college)、大烟弥公、冈内孝介、梶田淳平、木村严、郡茉友子、杉田和正、统计先生、中山琢、西尾雄贵、西原史晓、藤田博司、梵天由登里 (medaka-college)、前原正英、增田菜美、松森至宏、三河史弥、三国瑶介、村井建、森木达也、森皆螺子、矢岛治臣、山田泰树。

感谢一直以来负责“数学女孩的秘密笔记”与“数学女孩”两个系列的 SB Creative 野哲喜美男总编辑。

感谢 cakes 网站的加藤贞显先生。

感谢所有支持我写作的人们。

感谢我最爱的妻子和两个儿子。

感谢阅读本书到最后的各位。

我们在“数学女孩的秘密笔记”系列的下一本书中再见吧!

结城浩

版权声明